夜伽のいろは～狛犬兄弟と花嫁～

櫛野ゆい

幻冬舎ルチル文庫

CONTENTS ✦目次✦

夜伽のいろは～狛犬兄弟と花嫁～

✦イラスト・緒田涼歌

✦カバーデザイン＝久保宏夏（omochi design）

✦ブックデザイン＝まるか工房

夜伽のいろは～狛犬兄弟と花嫁～

コトン、と水を換えた花瓶《かびん》を病室の窓辺に置いて、織也《おりや》はため息混じりに口を開いた。

「でも、びっくりしたよ。いきなり病院から電話がかかってきたかと思ったら、足首骨折して入院したって言うから」

「儂《わし》は連絡なぞいらんと言ったんだがな」

ベッドの上で身を起こした徳治《とくじ》の頑固者らしい言いように、織也は苦笑して祖父をたしなめた。

「またそんなこと言って。なにかあったらすぐ連絡してって、いつも言ってるでしょ」

「……だんだん美代子《みよこ》さんに似てきたな、織也は」

離れて暮らす父方の祖父とは、年に数度電話や手紙でやりとりはしているものの、こうして会うのは数年ぶりだ。母に似てきたと言われて、織也は苦笑した。

「そりゃ、親子だもん。でも母さんは、父さんに似てきたって、最近よく言うよ」

「……そうか」

病衣を着た徳治の口元に、微笑が浮かぶ。そうだな、と懐かしそうに目を細める祖父に、織也はうんと静かに頷《うなず》き返した。

徳治の一人息子であり、織也の父であった尚也《なおや》は、織也が小学生の頃に亡くなった。信号無視のトラックに撥《は》ねられるという、悲惨な交通事故だった。

物静かでいつも優しかった父に似ていると言われるのも、気丈で働き者の母に似ていると言われるのも、織也にとっては嬉《うれ》しい褒め言葉だ。

「もう、十年経《た》ったか。織也ももうすぐ成人だな。どうだ、大学は楽しいか？」

「うん、楽しいよ。うちの大学、同じ敷地内に幼稚園が併設されてるから、そこで実習とかあってね――」

話題を変えてくれた祖父に頷いて、織也はにこにことこの春から通い始めた大学のことを話し始めた。

今年大学生になったばかりの織也は、幼稚園教諭の課程を専攻している。一人っ子の織也だが、母と住んでいるマンションの同じ階に年の離れた子供が多く、用事がある度に預かったりしているうちに、幼稚園の先生になりたいと思うようになったのだ。

父に似てあまり背が高くなく、線も細い織也は、昔から小さい子供に懐かれることが多かった。黒目がちな瞳《ひとみ》や小さめの鼻、ふっくらした唇につるんとした真っ白な肌と、あまり男くさくなく、中性的な外見だったこともその要因だったのだろう。

自覚もあるが、織也は同年代の友達と比べてもおっとりしていて、大人しい性格をしている。仕事で忙しい母に代わって家事をするのも好きで、最近では、料理も裁縫も織也の方が上手《うま》いわね、と母にため息をつかれることもしばしばだった。

ぼんやりして変な女に引っかからないでよ、と冗談混じりに心配する母だけれど、織也は正直あまり恋愛に興味がない。女の子と付き合う、というのがどうもピンとこないのだ。

専攻している学科は圧倒的に女の子の方が生徒数が多く、合コンなどに誘われることもあったけれど、いつもやんわり断ってしまっていた。

（女の子リードしてデートするとか、どうやったらいいのか分からないし）

同級生の女の子たちは、そんな織也をよく、ウサギみたいだとからかう。まさに草食系だよね、と笑う彼女たちは、ガツガツしていないから逆に付き合いやすい、と最近では友達として遊びに誘ってくれるようになった。

織也もその方が肩の力を抜いて接することができるので助かっている。

「そうか、織也は幼稚園の先生になるのか」

織也の話を聞いた徳治が、感慨深げに頷く。心なしかその微笑《ほほえ》みが寂しそうに見えて、織也は言葉を濁して答えた。

「……まだ分からないけどね。でもそうなれたらいいなって思ってる」

祖父の家は、代々神社の神主をしている。織也の父も、生前は会社勤めをしていたが、いずれは祖父の跡を継いで神職に就くつもりだった。

けれど、一人息子だったその父が亡くなった今、神社の跡継ぎ問題は宙に浮いたままになっている。

（僕が継ぐって言ったら、おじいちゃんも喜ぶんだろうけど……）

けれど祖父も母も、織也には好きな道に進むようにとしか言わない。二人の言葉に甘えて、幼稚園教諭の勉強をさせてもらっているけれど、神社のことも気になる。

織也は特に信心深い訳ではないけれど、でもやっぱり、管理する人間がいなくなって神社が廃れてしまうのは忍びない。だったら自分が跡を継ぐべきなんじゃないだろうか。

（……今回は、そういうことを考えるいい機会なのかもしれない）

織也がここに来たのは、入院した祖父の見舞いだけが目的ではない。ちょうど大学が夏休みに入った事もあり、神主である徳治が不在の間、神社の管理を買ってでたのだ。

父が亡くなった数年後に祖母も病気で他界しているため、他に神社を管理できる人間がいなかったし、それになにより織也は祖父のことを心配していた。

徳治はすぐにも退院するつもりでいるようだったが、無理をしてケガが悪化したら事だ。第一足首を骨折したのだから、退院してもしばらくは生活するのも不便だろう。

だったら夏休みの間、自分が留守を預かるからきちんと療養して、と言った織也に、徳治は遠慮しながらも嬉しそうにしてくれた。

「じゃあ、僕そろそろ行くね。鍵、預かってく。また来るから」

一通り清掃やお供えの仕方を徳治に教わってから、織也は社殿と母屋《おもや》の鍵を受け取った。

キャリーケースを手に、隣のベッドの患者に軽く会釈して病室を出ようとしたところで、徳治から声がかかる。

「いいか、織也。裏山には榊《さかき》を採りに行く以外、近づいちゃならんぞ」

「はいはい、迷子になるから、でしょ」

先ほど説明された時にもさんざん念押しされたことをもう一度繰り返され、織也は苦笑してしまう。

幼い頃、織也は神社の裏山で迷子になったことがある。それを心配してだろうと思ったが、徳治は眉《まゆ》を寄せると珍しく言い淀《よど》んだ。

「いや、それだけじゃなく……。……まあいい、とにかく、なるべく裏山には近づくな」

「？　うん、分かった。じゃあまたね、おじいちゃん」

ナースステーションに挨拶《あいさつ》して病院を出て、バスに乗り込む。のんびりと走る車窓から見える風景は、数年前に遊びに来た時とあまり変わっておらず、なんだかほっとした。

(ここは時間の流れがゆっくりでいいなあ)

織也には、都会の喧噪《けんそう》が時々息苦しく感じられることがある。

母と二人住まいのマンションの近くには、夜中でも開いているコンビニがいくつもあるし、最寄り駅から十分も歩けば次の駅に着いてしまう。五分間隔で次々にやってくる電車、ワンシーズンで入れ替わる流行、使いこなすより早く新しい機種が発売される電化製品。

それらは確かに便利だけれど、供給過多で時々ついていけないなとぼんやりしてしまうことがあるのだ。次から次へと考えなければならないことだらけで、どうしていいか分からなくなってしまうことが。

そんな時、織也はマンションのバルコニーから星や月を眺めることにしていた。深い藍色《あいいろ》の空にチカチカ瞬《またた》く星を見ていると、決まって幼い頃のある記憶がよみがえる。

——それは、まだ織也が小学生で、父が生きていた頃のことだった。

正月休みで祖父の家に遊びに来た際、神社の裏山に一人でこっそり遊びに行った織也は、迷子になってしまったのだ。

だんだん暗くなってきた森の中、泣きながら帰り道を探してさ迷い続けた織也は、疲れ果てて木陰に座り込んでしまった。昼間暖かかったせいもあってコートを着ずに出てきてしまったのが災いし、早い時間に日が落ちてからは寒くてずっと震えっぱなしだった。

明かりになるようなものなど何もない山の中、真っ暗な闇《やみ》に呑《の》み込まれてしまいそうで怖かったのを、鮮明に覚えている。

風の唸《うな》りも、時折ホウ、と聞こえてくる鳥の声も、全部怖くて、心細くて。

そのうちに、雪が降り始めた。

シンシンと降る雪は綺麗《きれい》で、でも冷たくて、織也の意識はいつしか遠くなり始めていた。

このまま死んじゃうのかな、とそう思いながらも眠気に抗《あらが》えず、うとうとしていた織也だったが、その時、暗闇の中にフッと、赤い灯火《ともしび》のようなものが浮かび上がったのだ。

灯火は左右に二つ、並んで浮かんでいた。

なんだろうと思っているうちにゆっくりとそれが近づいてきて、織也は息を呑んだ。

灯火のように見えたそれは、二匹の大きな、――犬、だったのだ。

食べられる、とそう思って慌てて逃げようと駆け出した織也は、木の根に足を取られて転んでしまった。降りしきる雪の中、悠然と歩み寄ってきた二匹の犬に、このまま咬《か》み殺されてしまうのかと震え上がって――。

――けれど、犬たちは織也に危害を加えることはなかった。

それどころか、転んで腰が抜け、立てなくなった織也の服を咥《くわ》えた一匹が、もう一匹の背に織也を乗せたかと思うと、近くにあった小さな洞窟《どうくつ》まで運んだのだ。

二匹は落ち葉の上に織也を降ろすと、織也を挟んで左右に座り込んだ。逃げ場をなくした織也は、寒さと恐怖に震えっぱなしだった。きっと彼らは、ここでゆっくり織也を食べるつもりなのだろうと、そう思った。

ぺろん、と熱い舌で左右から頬《ほお》を舐《な》められた織也は、次に来るだろう痛みを覚悟してぎゅっと目を瞑《つむ》った。けれど、いつまでたっても鋭い牙《きば》が自分に突き立てられる気配はない。

おそるおそる目を開けると、犬たちは困ったように三角のミミを伏せていた。あれ、と織也が首を傾《かし》げると、シッポを振り、またぺろんと頬を舐めてくる。

冷たく凍えきっていた頬を左右から代わる代わる舐められるうちに、織也は気づいた。

彼らは織也を温めようとしているのだ、と。

この洞窟に連れてきたのは、織也を食べるためではない。

彼らは織也を助けるために、ここに連れてきてくれたのだ。

そう気づいてよく見ると、彼らの真っ黒な瞳は穏やかで優しく、澄みきっていた。

体の震えがとまった織也に、二匹は嬉しそうに瞳を輝かせ、ちぎれんばかりにシッポを振って、体をすり寄せてきた。まるで飼い主に甘えるような仕草に、織也は彼らのことがすっかり怖くはなくなった。

二匹は、その毛色だけでなく、それぞれ犬にしては不思議な風貌《ふうぼう》をしていた。

一匹は、首回りにライオンのようなタテガミが生えていた。

そしてもう一匹は、タテガミこそないものの、額に角のようなものが生えていたのだ。角は白く、途中で折れていた。

二匹とも大型犬でも滅多にないくらい立派な体格で、小学生だった織也は二匹に挟まれるとその長い被毛の中にすっぽりと埋まってしまうくらいだったのを覚えている。

白い雪の中、その姿は紅蓮《ぐれん》の炎のように気高く、綺麗だった。

ふかふかとあたたかい被毛は、お日様の香りがしていて、心地がよくて。

織也が二匹にくるまれながらうとうとしているうちに、いつしか雪はやんでいた。

雲が晴れた後に広がった夜空の美しさは、今でも忘れられない。

濃紺の空に浮かんだ大きな満月、金の砂粒を敷き詰めたような満天の星。

都会の空では決して見ることのできないその夜空を眺めるうちに、織也は安心感すら覚え、いつしか二匹に体を預けて深く眠り込んでしまっていた。

翌朝、二匹は織也が起きるとまた背に乗せて、裏山の出口まで連れていってくれた。

だが、探しに来ていた祖父を遠くに見つけて走り出した織也が振り返ったその時、彼らはもう、姿を消していたのだ。

まるで、彼らの存在そのものが、夢か幻だったかのように。

けれど彼らがいたからこそ、織也は凍傷ひとつ負わず、無事に帰ることができた。

だから織也は、一晩中どうしていたのかと大人たちに聞かれても、二匹の大きな犬のことは誰にも話さなかった。そんな野犬がいると知ったら、もしかしたら大人たちは危険だからと彼らを退治してしまうかもしれない。それに、タテガミや角のある犬のことを話しても、大人がそれを信じてくれるとも思えなかった。

(タテガミとか角は、さすがに僕の記憶違いかもしれないけど……、でもあんなに大きくて、あんな珍しい毛色の犬なんて、あれ以来見たことないな)

あれはなんの犬種だったんだろう、山犬とかだったんだろうかと織也が首を傾げたところで、バスの運転手がアナウンスする。

『次は、薄野《すすきの》神社。薄野神社』

窓枠の降車ボタンを押して、織也はほっと息をついた。

幼い頃に何度か来たことがあるとはいえ、ほとんど土地勘はないから、こういう時は祖父の家が神社の敷地内にあってよかったと心底思う。

（バス一本で病院まで行けるから、神社のお仕事の合間を見て、ちゃんとおじいちゃんのとこにお見舞いに行けそうだな）

バスを降りた織也は、まず神社に併設されている祖父の家に向かった。祖父から預かった鍵で玄関を開け、荷物を置いて縁側の窓を開ける。

たった数日間とはいえ、夏場に人の出入りがなかった母屋は、少し湿った匂《にお》いが籠《こも》っていた。換気している間にと、織也は再び玄関から出て隣の神社へと向かう。

周囲を木々に囲まれた神社の境内には、蟬《せみ》の声が響いていた。夏の長い陽もそろそろ落ちかけていて、社殿の後ろには夕焼けが広がっている。

織也の祖父が神主を務めているここ薄野神社は、地域の人たちがお参りに訪れる小さな神社だ。参拝客は少ないが、地域の氏神様を祀《まつ》っており、周辺の農家の人たちは定期的にこの神社に豊穣《ほうじょう》や家内安全を祈りに来る。

（きちんと手入れしておかないと、お参りの人にも、神様にも失礼だもんね）

緋色《ひいろ》の鳥居をくぐった織也は、手水舎《ちょうずや》で手と口を清めてから、境内の玉砂利が敷かれた石畳の道を奥へと進んでいった。

社殿の前には、二匹の狛犬《こまいぬ》像がまっすぐ空を見つめている。

石造りのその姿は歳月の移ろいを経ても変わることはなく、向かって右側の像はタテガミを、左側の像は額に折れた角を有していた。

（この狛犬を見慣れてたから、あの時の犬たちにも、タテガミとか角があったように見えたのかな。……角もちょうど、同じような形に折れてたし）

まだ幼稚園に通っていた頃、織也はこの狛犬像が怖かった時期がある。大きいワンワン怖い、と神社に近寄れなかった織也だったが、父にこの狛犬たちは神社を守ってくれているんだよと教えてもらってからは、親しみを覚えるようになった。

怖がってごめんね、と滞在している間、毎日お供えものを運んだり、祖父に教わって布で拭《ふ》き清めたりするうちに、阿吽《あうん》の狛犬像は織也にとってとても身近な存在になった。

もちろん狛犬像は動いたり喋《しゃべ》ったりしないが、幼なじみがいたら、こんな気持ちなのかもしれない。

「……おじいちゃんがいない間、よろしくね」

ぽんぽん、と二匹の狛犬の前足を撫《な》でて微笑み、本殿へと向かう。

鈴を鳴らして柏手《かしわで》を打った織也は、手を合わせてじっと目を閉じた。

（祖父が不在の間、代わりにお勤めします。よろしくお願いいたします）

――と、その時、ザアッと強い風が境内を吹き抜けた。

木々の葉を揺らすその風に、織也は思わず後ろを振り返る。

（……？　今、誰かいた……？）

茜差《あかね》す境内に人の姿はない。

けれど何故《なぜ》か、誰かに見られているような気がして、織也は首を傾げた。

(気のせい、かな?)

神社という、非日常的な空間だから、そう思うのかもしれない。

しかし、これからしばらくは、この神社が織也の日常になるのだ。

「……よろしくお願いします」

本殿に向き直って、もう一度手を合わせた織也の髪が、サラリと風に揺れる。

夕日に照らされた二匹の狛犬は、美しい紅に輝いていた。


「すっかり遅くなっちゃった……」

両手に買い物袋を抱えた織也は、神社へと続く坂道を上がりながらため息をついた。

織也が祖父の代理で神社に来てから、丸一日が経った。

この日織也は、ご近所への挨拶回りを済ませた後、一日かけてなんとか神社の仕事を終えていた。祖父が不在だった間に掃除や用具の手入れなど、しなければならないことが溜《た》まっていて、思いの外時間がかかってしまったのだ。

おかげで、食材と足りない日用品の買い出しに行ったスーパーは閉店間際だったし、おまけにバスももう終わってしまっていたから、歩いて帰ってこなければならなかった。田舎の交通手段はほとんどが自家用車で、公共の乗り物の最終便は都会のそれよりずっと早い。

(確か納屋に使ってなさそうな自転車があったから、今度から遅くなりそうな時はそれでスーパーに行こう……)

免許があれば祖父の車を借りることもできるが、あいにく織也は免許を持っていない。ちゃんと使えるかどうか後で自転車見ておかなきゃ、と思いながら母屋の玄関を開ける。上がり框《がまち》に荷物を下ろしてひと息ついたところで、織也は小さくあっと声を上げた。

「そうだ、柄杓《ひしゃく》……。干しておいたの、しまわなきゃ」

手水舎の柄杓を洗って境内に干していたのを忘れていた。慌てて玄関を出て、隣の神社へ向かう。

(夜の神社って、やっぱりちょっと怖いな……)

シャワシャワと聞こえてくる蝉の声に落ち着かない気持ちになりながら、織也は鳥居をくぐった。急ぎ足で石畳を進み、境内を横切ろうとして——。

「え……?」

——そこで、織也は目を見開いた。

(なんだろう、あれ……。なにか、いる……?)

社殿の前にある石段の途中で、なにかが倒れているのだ。薄雲が晴れ、大きなその影が月明かりに照らされて、織也は思わず息を呑んだ。

大きな影は、二匹の赤い、——犬、だったのだ。

片方にはタテガミが生え、もう片方の額には折れた角のようなものが生えている。

宵闇の中、深紅の二匹の被毛が、まるで紅蓮の炎のように風に揺らめいていて——。

(あの犬って、まさか……!)

慌てて駆け寄ったところで、織也は更に目を瞠《みは》った。

ぐったりと目を閉じた二匹が、その太い四肢を投げ出している石畳に、黒い染みが見えたのだ。じわ、と広がったその染みは、どうやら二匹の血らしい。

「ケガ、してる……?」

二匹のそばにしゃがみ込んで、織也はおそるおそる手を伸ばした。咬みつかれたらどうしよう、と不安がチラッと頭をよぎるが、彼らがあの二匹なら、きっと咬みついたりしないと思い直し、そっとその体に触れる。

毛色のせいで分かりにくかったが、二匹の被毛はところどころが濡《ぬ》れたように光っていた。ぬるる、と滑る指先に、織也は青ざめる。

(どうして……、どうしてこんな、酷《ひど》いケガ……)

どちらからともなく、ウウ、と苦し気な唸り声が上がる。二匹とも重傷のようで、荒く呼吸をしてはいるものの、織也が触れても目を開けることもできないようだった。

一体なにがあったのだろう。

この二匹が争ったのだろうか。

それとも、野犬狩りにでもあったとか。

ともかくすぐ病院に、と思いかけて、この辺りに動物病院などないことを思い出す。町場まで出ればあるのかもしれないが、交通手段はないし、どこにあるのか場所も分からない。

「とりあえず、家に……っ」

慌てて片方の犬を担ごうとするも、重くてとても持ち上げられそうにない。ウウ、と低く呻《うめ》く犬を石畳の上に横たえて、織也は納屋へと走った。

「確か台車が……っ、あったっ！」

急いで台車を引っ張り出し、再び境内へ駆け戻る。うんうん唸りながら、織也はどうにかタテガミが生えた方の犬を台車に乗せた。

——と、そこで台車に乗せられた犬が、うっすらと目を開けた。

キュウ、キュウウ、とかすかに鼻を鳴らし、石畳に残された角のある方の犬へと必死に前足を伸ばそうとする。

親しい者を案じるようなその姿に、織也の胸はぎゅうっと締めつけられるように痛んだ。

「……大丈夫だよ。君を運んだら、ちゃんとこの子も運ぶから」

大丈夫だよ、と繰り返しながら、その豊かなタテガミを撫でる。大きな緋色の犬は、真っ黒に煌《きら》めく瞳でじっと織也を見つめた後、ふっと目を閉じた。

織也は慎重に台車を転がし、犬を母屋へと運び入れた。

「タオル……っ、タオルは、ええと……っ」

浴室から予備のバスタオルを持ってきて、縁側に面した部屋の畳に広げる。どうにか台車からタオルの上に大きな犬を移した織也は、息を切らせながら空になった台車を転がし、境内へと舞い戻った。

残されていたもう一匹の犬を台車に引っ張り上げ、また母屋へと取って返す。へとへとになりながらも、力を振り絞ってなんとか台車から担ぎ上げ、別のバスタオルの上に横たえたところで、後から運んできた角のある犬が細く目を開けた。

クゥ……、と鼻を鳴らした犬が、先に部屋に横たえられたタテガミの方の犬を見て、懸命に這《は》ってそばへと近づく。ク……、と掠《かす》れた鳴き声を上げながら、相手のタテガミに鼻先を擦《こす》りつけるその姿は、先ほどのタテガミの犬の姿とまるで同じだった。

（……きっとこの二匹は、仲間なんだ。争ってケガした訳じゃない。だってこんなに、お互いのことを思いやってるんだから）

「君もこの子も、ちゃんと手当てするよ。……安心して」

話しかけながら、そっとその頭を撫でると、角を生やした犬がじっと織也を見つめ返してきた後、静かにその黒い瞳を閉じる。どうやら彼も気を失ったようだ。

織也は居間の棚の上から救急箱を取り出すと、二匹のもとに戻った。

人間用の傷薬なんて犬に使っていいのかどうか分からないけれど、でも、かつて迷子の自分を助けてくれたこの二匹を、このまま放っておくことなんてできない。

(今度は僕が、助けたい……!)

なるべくそっと傷薬を塗るが、それでもやはり染みるのだろう。織也の指が傷口に触れる度、二匹の口からウウ、と小さな呻き声が漏れる。

「ごめん……、ごめんね、もうちょっと我慢してね」

痛そうで、苦しそうで、織也は自分が泣きそうなのを堪《こら》えながら、どうにか二匹の傷口に薬を塗りつけていった。大きな傷口には包帯を巻き、できる限りの処置を施す。

浴室から持ってきた手桶《ておけ》にぬるま湯を張った織也は、手拭《てぬぐ》いで二匹の体を清めながら必死に願わずにはいられなかった。

(神様……、神様どうか、この二匹を助けて下さい)

この神社の境内で倒れていたのだ。

きっとここの神様だって、見捨てはしない。

そう、信じたい。

(お願い……!)

苦しそうに呻く二匹の頭を代わる代わる撫でながら、織也は月を見上げた。

深い紺色の空に浮かんでいたのは、あの夜と同じ、大きな大きな満月だった――。


沈み込んでいた意識がふ……、と浮上して、織也はぼんやりと薄目を開けた。

(誰か、喋ってる……?)

「だったら、他に方法があるか? 手遅れになったら、なにもかも終わりなんだぞ?」

「だとしても、この子は普通の人間じゃないか。俺たちの事情に巻き込むなんて、摂理に反する……!」

「普通なんかじゃない。現にこうして……」

紅蓮の炎が二つ、見える。

大きな大きな炎が、目の前で言い争っている。

(……火が喋るなんて、変な夢……)

うとうとと目を閉じて、織也は微睡《まどろみ》の中に戻ろうとした。

けれど、なんだか体が痛い。

寝返りを打とうとして、織也はそこが畳の上であることに気がついた。

（畳……？　ああそうか、僕、おじいちゃんちにいて、昨夜は……、昨夜、は……）

「……っ、そうだ、あの二匹……っ！」

ガバッと起き上がった織也は、目の前に深紅の大きな犬が二匹、前足を揃《そろ》えて行儀よく座っているのを見て、思わず目を瞠った。

「え……!?　あれ!?　ケガは……!?」

つきっきりで看病していた織也は明け方に疲れて眠り込んでしまったけれど、確かその時はまだ彼らはぐったりと気を失っていたはずだ。大丈夫なのかと心配した織也は、急に起き上がったせいで軽く目眩《めまい》を覚えながら彼らに近づく。

けれど、二匹のケガの具合を診ようとした織也は、啞然《あぜん》としてしまった。

「……傷が、……ない？」

艶《つや》やかでふかふかとした被毛をかき分けてみるけれど、どこにも傷跡がない。おそるおそる包帯を取ってみても、そこにあったはずの大きな傷は跡形もなく消えていた。

「え……、え、どうして……？」

混乱してその場にへたり込み、織也は二匹を交互に見やった。犬たちが困ったように首を傾げて見つめ返してくる。

その真っ黒な瞳は穏やかで、彼らがもう昨夜の痛みを感じてはいないことが窺《うかが》い知れた。

（なんで一晩でケガが治ったのか分かんないけど、でも……）

「よ……、よか……っ、よかった……っ！」

ほろ、と安堵《あんど》の涙を零《こぼ》して、織也は二匹の首元に両腕で抱きついた。犬たちが驚いたように身を強《こわ》ばらせるのが分かったが、お構いなしにぎゅうぎゅうと二匹を抱きしめる。

「よかったね……っ、ケガ、治ったんだ……！　もう、痛くないんだね……！」

あんなにひどいケガをしていたのだ。二匹とも助からないかもしれないと、そう案じていただけに、元気な姿が嬉しくてたまらず、ぽろぽろ涙が零れていってしまう。

――と、織也の頬を、ぺろんと舐める舌があった。

見ると、タテガミの方の犬が優しく目を細めている。

（あの時みたい……）

迷子になった夜のことを思い出して、織也がえへへ、と照れ笑いを浮かべた、――その時だった。

「……困ったな。やっぱり、君しか考えられない」

「え？」

突然、男の声がタテガミの犬の口から漏れたのだ。

織也は思わずまじまじと犬を見つめてしまう。

「……喋っ、た……？」

少し掠れ気味だが、やわらかく穏やかなその声は、確かに今、この犬から聞こえてきた。

（い……、いや、空耳、だよね……？　いくらなんでもそんな……、そんな、こと……）

犬が喋るなんてそんなこと、と息を呑んで固まった織也だったが、追い打ちをかけるように、背後から先ほどとよく似た声が聞こえてくる。

「駄目だ、兄者《あにじゃ》……！」

「え？　……え⁉」

パッと振り返った織也は、その声が角のある方の犬の口から聞こえてきたことに目を丸くする。角のある犬は眉間《みけん》に皺《しわ》を寄せ、タテガミの犬に向かって低く唸り声を上げた。

「巻き込むべきじゃない……！」

（しゃ……っ、喋った……っ、やっぱり喋った……っ！）

折れた角を額に生やした犬の声は、タテガミの犬よりも少し低く、硬質だった。凛《りん》と声を響かせた片割れを、タテガミの犬が鼻で笑う。

「お前、分かってないのか？　その姿で人間の言葉を喋ってる時点で、お前も彼を巻き込んでるんだぞ？」

からかうようにそう言いながら豊かなタテガミを振った彼の姿が、みるみるうちに白い靄《もや》のようなものに包まれる。濃霧のようなそれが晴れると、そこには――。

「……普通の犬は、喋ったりしないんだから。なあ、織也？」

――和服姿の長髪の美丈夫が、いた。

（え……？　に、人間……？）

目の前で起こったことが信じられず、織也は目を丸くしてその男に見入ってしまう。

犬から人間になった男は、けれど普通の人間とはとても思えない風貌をしていた。

というのも、その髪は先ほどまでそこにいた犬と同じ深い紅色で、頭の上には犬のようなミミが生えていたのだ。

腰まで届く癖のある紅蓮の髪は、一見作り物のようにも思えるが、どうやら地毛らしい。根元から濃い紅色をしているし、なにより眉毛も同じ色をしていた。

真っ黒に煌めく切れ長の瞳は一重で、その眼差《まなざ》しは油断のならない鋭さを秘めている。筋の通った形のいい鼻。薄い唇に浮かぶ、優雅なのにどこか酷薄な笑み。

涼やかなその風貌は、芸能人でも滅多にはいないような美形で、仕立てのいい白絹の着流しがよく似合っている。

けれど、その頭には犬のミミが生えているのだ。

そこだけ一瞬前までの姿と同じ、緋色の犬のミミが――。

「な……っ、なっ、あ……！」

驚愕《きょうがく》のあまり大きく仰《の》け反《ぞ》った織也の背が、ふかっと紅蓮の獣毛に埋まる。

振り返った先、角のある犬が真っ白な霧に包まれて――。

「俺がそうするように仕向けた癖に、よく言う……！」

――霧が晴れた途端、織也は斜め後ろから、別の男に肩を支えられていた。

深紅の髪はこざっぱりと短く整えられ、長髪の男と同じく地毛のようだ。

筋の通った形のいい鼻。ぐっと引き結ばれた薄い唇。

長髪の男とそっくり同じ顔立ちをしているが、眉間に深く皺を寄せているせいか、切れ長の一重の眼差しは一層鋭く、研ぎ澄まされた刃《やいば》のような光を放っている。

同じ顔立ちの二人だったが、短髪の男は優雅というよりは精悍《せいかん》な美しさがあった。

揃いの白絹の着流しを身に纏《まと》ったその頭には、やはり緋色の犬ミミが生えている。

その額には、さっきまでそこにいた犬と同じ、途中で折れた角も生えていて――。

(犬が……、犬が、人に、なった⁉)

びっくりしすぎて声が出てこない。

そんな非科学的なこと、まさか、と目を丸くしたまま唖然としていた織也だったが、そこで立ち上がった長髪の男が、角の男に向かってからかうような笑みを浮かべる。

「人聞きの悪いことを言うな。先に目が覚めたのに、この場を去らなかったのはお前の方だろう？　その時点でもう、お前だって禁を破ってるんだ」

「……いきなり姿を消したら、心配させてしまうと思ったからだ。それに、この方なら俺たちのことを誰にも明かさず、黙っていてくださる」

あの時もそうだった、と織也の肩を抱きとめたまま反論した角の男に、長髪の男が目を細

めた。

「ああ、それはオレも否定しない。……織也は優しい、いい子だからな」

一歩距離を詰めて、長髪の男が畳に膝《ひざ》をつく。

背後に角の男、目の前に長髪の男と二人に挟まれ、呆然《ぼうぜん》としたままの織也に、長髪の男がゆったりと話しかけてくる。

「初めましてじゃないけど、こうして言葉を交わすのは初めてだね。オレの名は、紅葉《くれは》」

「くれ、は……」

頭が真っ白な織也は、ただ語尾を繰り返しただけだったが、紅葉と名乗った男は目を嬉しそうに細めて頷く。

「そう、紅葉。……ああ、久しぶりだな、名前を呼ばれるなんて」

いいものだね、とそう呟《つぶや》く紅葉の背後で、なにか赤いものがゆったり揺れている。視界に映ったそれに、織也は大きく息を呑んで固まった。

(シ……、シッポ……!?)

ミミと同じ緋色のそれは、どう見てもふさふさした犬のシッポだ。

(なんで、シッポが……、いや、犬だからミミもシッポもあって当然……。いや、犬じゃないよ、人間だよ、この人……!)

すっかり混乱しきりの織也だったが、その時、背後の角のある男が不機嫌そうに割り込んでくる。

「……俺は楓《かえで》です。どうか、俺の名前も呼んで下さい。楓、と」

「か……、かえ、で？」

身を捩《よじ》って振り返った織也は、促されるがままにそう呟く。すると、楓と名乗った角のある方の男は、噛《か》みしめるようにゆっくり頷いた。

「……はい」

じんわりと面映《おもはゆ》そうな顔をする楓の背後から、パサパサとなにか音が聞こえてくる。どうやら楓にもシッポがあるようだと気づいて、織也はくらくらと目眩を覚えた。

（これ、夢……？　僕、まだ眠ってるの……？）

けれど、夢にしては意識も感覚もはっきりしている。

「あの……、あの、あなたたちは、その……」

いったい何者なのか。

今、目の前で起こったことは、本当に現実なのか。

聞きたいことの全部は言葉に出せずに、けれどやっとの思いで震える声を振り絞った織也に、紅葉がひょいと眉を上げて微笑む。

「オレたちは、狛犬だよ。この薄野神社を守護する、阿吽の狛犬。オレは双子の兄で、そっちの楓が弟」

「……狛、犬」

こく、と喉《のど》を鳴らした織也の背後で、楓が頷く。

「ええ。ですからほら、ミミと、シッポが」

ピルピル、とミミを動かし、シッポを動かしてみせる楓に、なんと返していいか分からず、織也ははあ、と小さく頷いた。

ミミとシッポが作り物ではなく、彼らの意思で動くことは分かった。

分かったけれど、理解ができない。

ぎゅっと目を瞑ったら、彼らはすぐにパッとあの大きな犬に戻るのではないだろうか。

やっぱり自分はまだ夢を見ていて——。

「織也？　ぼうっとしてどうした？　まさかオレたちのこと、忘れちゃった？」

「え？」

紅葉に顔を覗《のぞ》き込まれた織也がきょとんとすると、背後の楓がサッと顔色を変える。

「そんな……！　覚えておいでだから、昨夜も我らを助けて下さったのですよね？　あの雪の夜、この神社の裏の山で、迷子になられた時のこと……！」

「お……、覚えてます。すごく大きな、……大きな犬に、助けてもらって」

こくこく、と反射的に頷き返した織也に、二人が目を細めて微笑む。

「そうだよ、織也。……よかった、覚えていてくれたんだ」

「こうしてまたお会いすることができて、嬉しいです」

ちぎれんばかりにシッポを振る二人の姿は、確かにあの時の大きな犬とそっくりだ。

（タテガミとか、角があるなんて、確かに普通の犬じゃないとは思っていたけど……）

でもまさか、まさか喋る上に、人間になることもできるなんて。

（夢……、じゃない……）

何度目を擦ってみても二人は消えない。

これが現実に起こっていることなのだとようやく理解して、織也はこくりと喉を鳴らした。

半信半疑ながら、改めて二人に聞いてみる。

「あの……、お二人は本当にその、……狛犬、なんですか……？　狛犬ってあの、うちの神社の境内にある、狛犬の像のこと、ですよね……？」

夢じゃないことは分かったが、犬が人間に変身するなんて非常識なこと、そうやすやすと呑み込めはしない。

ましてや、石像であるはずの狛犬が動いて、喋って、意思を持っているなんて。

おそるおそる聞く織也に、二人が頷く。

「ああ、本当だよ。昨日も挨拶してくれただろう？　徳治がいない間よろしく、と」

「……俺の前脚を撫でて下さいました」

確かにあの時、織也は狛犬像の前脚を撫でた気がする。

あの時境内には、織也の他に誰もいなかった。

なにより、織也は今まで誰にも、迷子になった時に出会った犬たちの話をしたことがない。

（じゃあ、本当に……、本当にこの人たち、あの狛犬なの……⁉）

目を瞠る織也に、紅葉が感慨深げに語りかけてくる。

「……織也のことは、幼い頃から見守っていたよ。最初はオレたちを怖がっていたのに、いつからか、お供えものを運んでくれるようになっただろう。ちっちゃな手で一生懸命供えものを並べてくれるのが嬉しくてね」

「織也様に布で拭いていただくのはとても気持ちがよくて、いつもじっとしているのが大変でした。いつかお礼を言いたいとずっと思っていたのです。……ありがとうございました」

律儀に頭を下げる楓に、織也は呆然としながら返した。

「はあ……、あの、……いえ」

亡くなった祖母からは常々、万物には魂が宿ると聞かされていた。けれど、それは物を大事にしなさいという教えであって、実際に無機物がこうして意志を持ち、喋ったり変身するなんて、想像したこともなかった。

自分を助けてくれた犬たちが、まさか狛犬だったなんて——、とそう思いかけて、織也はハッとした。あの時のお礼を、まだ言っていない。

「あ……、あの、僕こそ、あの時は、ありがとうございました」

正体がなんであれ、あの時自分を助けてくれたのは、正真正銘この人たちだ。二人に助けてもらわなければ、今頃自分は生きていなかったかもしれない。

慌てて身を起こし、二人に深々と頭を下げると、楓が慌てたように制してくる。

「おやめ下さい……！　助けていただいたのは、俺たちの方です。昨夜は本当にありがとうございました」

「昨夜……、そうだ、ケガはもう大丈夫なんですか？」

昨夜境内で見つけた時は、彼らは瀕死《ひんし》の状態だった。とても一晩で治るとは思えないのに、先ほど見た時、ケガは跡形もなく消えていた。

目の前の二人はもう、特に具合が悪そうな様子はないけれど、本当に大丈夫なのかと心配した織也に、紅葉が微笑む。

「織也は優しいね。でも、見ての通り大丈夫だよ。オレたちは狛犬だからね。この神社の敷地内にいれば、神様の恩恵に与《あずか》れるんだ」

「この敷地には、神様の霊力が宿っています。俺たち狛犬は、その霊力で生きているのです。ですからどんな大きなケガをしても、一晩も経てば元通りになります」

この通り、と楓が首筋を示してみせる。確かに昨晩、角のある方の犬はその首元に大きな裂傷を負っていた。けれど今、楓の首筋にはなんの傷跡も残っていない。

よかった、とようやくほっとしかけた織也だったが、そこで紅葉が眉根を寄せる。

「……以前はどんなケガをしても、一晩もかからなかったんだけれどね。いや、そもそも昨晩の相手は、本来ならオレたちが苦戦するような相手じゃなかった」

「兄者！」

紅葉の言葉を遮るように、楓が鋭い声を上げる。

「そのようなこと、お伝えするべきではない……！」

「じゃあお前は、このまま消滅してしまってもいいと言うのか？　オレたちだけじゃない、この神社だって、このままでは廃れてしまうんだぞ」

「それは……、しかし……！」

言い淀んだ楓が、返す言葉を失ったように黙り込む。

揉《も》める二人を呆気《あっけ》に取られながら見ていた織也は、おずおずと紅葉に聞いた。

「あの……、消滅って……？　それに、うちの神社が廃れるって、どういうことですか？」

神主の孫として、さっき紅葉が言ったことは聞き捨てならない。身を乗り出した織也に、紅葉が居住まいを正して切り出した。

「……端的に言うとね、実はここ数年で、この神社の神様の力が弱まってきているんだ」

「え……」

目を見開いた織也だったが、紅葉の言葉はどうやら真実らしい。不服そうにしながらも、楓もそのことを認めざるをえない様子で黙っている。

「神様の力が弱まってるって、……それってどういうことですか？　なんで……」

「……理由は分からない。昔に比べて今は信仰も薄いし、参拝客も減ったからね。仕方のない面もあるのかもしれない」

ゆるく頭を振って、紅葉が織也に答える。その口調は重々しく、彼としても決してこの事態を望んでいるのではないことが窺えた。

「けれど、それだけが理由にしては少し様子がおかしいんだ。神様はもう数年前から社殿の奥深くに籠られていて、ずっとお姿を現していない。この地を守護する神様の霊力は、日に日に弱まっていく一方だ。オレたちは供え物からこの地の霊力を吸収してなんとか存在を保ってきたけれど、このままではおそらく、神様は消滅してしまうだろう」

「不敬な……！」

吐き捨てるように咎《とが》める楓に、紅葉がため息をつく。

「不敬でもなんでも、それが事実だ。だから、昨夜も神社の結界内にあんな雑魚《ざこ》の侵入を許す羽目になった上、オレたちが後れを取ったんだろう」

「雑魚って……」

小さく息を呑んだ織也に答えたのは、楓だった。

「……悪霊です。俺たち狛犬の役目は、この神社を守ること。結界内に侵入した悪霊を退けようとして、戦いになったのです」

眉間に皺を寄せて答えた楓に、織也は息を呑んだ。

（あ……、悪霊なんて、本当にいるんだ……）

でも、こうして目の前に狛犬だという二人がいて、実際に犬から人の姿に変身したりしているのだから、悪霊がいるというのも本当のことなのだろう。

（じゃあ、あのケガは、その悪霊と戦った時に負ったんだ）

この二人は神社を守ってくれたのだと、そう思いながら二人の話を聞いていた織也だったが、そこでじっと紅葉が自分を見つめていることに気づく。

「……？　どうか、しましたか？」

射貫《いぬ》くような強い視線に首を傾げると、やおら紅葉が膝を進めてきた。

「あの……」

「人間の君にこんなことを頼むのは、本来御法度《ごはっと》だとは、重々承知している」

戸惑う織也の手を取ってそう言った紅葉を、楓が慌ててとめようとする。

「兄者、それは……！」

「だが、もう君しか神様を助けられないんだ」

引きはがそうとする楓を振り切って、紅葉は、

「織也、どうか、神様の花嫁になってほしい……！」

織也にプロポーズを、してきた。

「は……、花嫁!?」

降って湧いたその単語に、織也は素《す》っ頓狂《とんきょう》な声を上げてしまった。

しかし紅葉は、大真面目な顔で頷く。

「そう、花嫁。神様のね」

かみさま、と呆然と繰り返し呟いて、織也は首を傾げた。

「……あの、紅葉さん」

「紅葉でいいよ。なにかな?」

「……僕、男です」

「うん、そうだね」

「花嫁じゃなく、花婿《はなむこ》なんじゃ……?」

男の自分が結婚するなら、花嫁じゃなく花婿だろう。

ポカンとしながらもそう訂正した織也に、紅葉が弾《はじ》けるように笑いながら言う。

「案外冷静だね、織也」

冷静なんかじゃない。あまりに突拍子もないことを言われて、頭が追いつかないから、とりあえず分かる範囲のことから訂正しているだけだ。

だというのに、紅葉はますます訳の分からないことを言う。

「そうだね、でも神様も男だから。その伴侶《はんりょ》となる相手はやっぱり花嫁じゃないかな」

ごく当たり前のことのようにサラリとそう言われて、織也はますます混乱してしまう。

(僕が、花嫁？　神様と、結婚？)

「っ、無理です」

考えるより早く、口がそう動いていた。おや、と紅葉が眉を上げる。

「無理って、それはまたどうして？　神様の伴侶になれるなんて、光栄なことじゃないか」

少し掠れたような紅葉の声音は、優しくて穏やかなのに、有無を言わせぬ力強さが滲《にじ》んでいる。真っ黒な瞳も、怖いくらいに澄んでいて、冷たかった。

(この人、すごく綺麗だけど……、きっと見た目通り、綺麗なだけの人じゃ、ない)

ただ言葉を発しているだけなのに、紅葉が話すと心がざわざわする。

本能的に怯《おび》えそうになった織也だったが、だからといって、分かりましたとは頷けない。

織也は震えながらも、必死に言葉を紡いだ。

「だ……っ、だって僕は、普通の人間です……！　神様と結婚なんて、できる訳が……！」

「普通などではありません……！」

けれどそこで、それまで黙っていた楓が織也を遮る。

驚いて息を呑んだ織也の手を紅葉から奪い取って、楓が熱弁を振るった。

「織也様は特別なお方……！　断じて凡人などではありません！」

「か、楓さん？」

よく似た声音だというのに、楓の声はどこまでも真摯《しんし》で、情熱的だった。

双子で顔立ちはそっくり同じだというのに、表情のせいか、楓は一見紅葉よりぶっきらぼうで強面《こわもて》だ。それなのに、少し話しただけでも、そのまっすぐで澄んだ黒い瞳に偽りがないことが伝わってきて、心が落ち着く。

（なんだかこの二人、双子の兄弟なのに正反対だな……）

この人も、見た目通り、ぶっきらぼうなだけの人じゃない。そう思った織也の手を、まるで勇気づけるかのようにしっかりと握って、楓が心底悲しげに訴えてくる。

「普通など……っ、そのようにご自身を卑下するのはおやめください……！」

たとえ織也自身であっても、織也を凡人と呼ぶのは我慢ならないといった様子の楓に戸惑う織也だったが、紅葉は苦笑を浮かべて楓に同調した。

「楓の言う通りだよ。織也は普通の人間じゃない。そもそも普通の人間が、オレたちを視認できる訳がないんだから」

「……どういうことですか？」

紅葉の言い様に引っかかりを覚えた織也だったが、紅葉は織也に答えるより先に楓を促す。

「楓、もうここまで話したからには覚悟を決めろ」

織也の手を離した楓が、深くため息をつき、重々しく頷いた。

「……分かった」

そっくり同じ顔をした二人に揃ってこちらを振り向かれて、織也はたじろいでしまう。

「あ……、あの……？」

「織也」

「織也様」

二人同時に呼びかけた後、切り出したのは双子の兄、紅葉だった。

「オレたちの姿はね、織也。普通の人間には見えないんだ。自分が見せると決めた相手には姿を見せられるけれど、それは特別な事情がある時にしか許されていない」

織也が迷子になったあの晩のように、と話す紅葉の隣で、楓が続きを引き取る。

「にもかかわらず、昨夜織也様が俺たちを見つけることができたのは、織也様が特別な力をお持ちだからです」

「特別な力……って、僕が、ですか？」

ええ、と楓に頷かれて、織也は当惑してしまう。

そう言われても、これまでの人生でそんな力を自覚するようなことは一切なかった。

「君の力は、この土地でだけ発揮されるものなんだ。だから、今まで自分でも気づいていなかったんだろう」

表情に出ていたのだろうか、察したらしい紅葉がそう言って続ける。

「……なにせ君の力は、この神社に奉られている土地神様の力なんだからね」

「と……土地神、様？」

目を丸くして聞いた織也に答えたのは、楓だった。

「はい。俺たちがお守りする神、六合《りくごう》様です……！」

誇らしげな表情から、楓が深くその神様を敬愛していることは容易に察せられる。

（神様の力が、なんで僕に？）

呆気に取られながらも、織也は聞いてみた。

「……それは、僕が神主の孫だからとか、そういうことですか？」

代々受け継がれているものなのだろうかと考えかけるが、そもそも祖父からそんな話を聞いたこともないし、祖父だってごく普通の人間に見える。

織也の問いに、紅葉が微笑みを浮かべて答えた。

「違うよ。織也だけが特別。だってその力は、オレたちが授けたものだからね」

「え⁉」

驚いて声を上げた織也だったが、その時、そっと織也の左手を取る指があった。

楓だ。

「迷子になられたあの夜、織也様をお助けするために、俺たちは一晩中、あなた様に霊力を注いでいたのです」

「そうしなければ、君はあのまま凍え死んでしまっていた。だから、霊力を分けてあげたんだ。オレたちが神様からもらった霊力をね」

楓の説明の続きを引き取った紅葉が、織也の右手をひょいっと取り、恭《うやうや》しげに指先を持ち上げて言う。

「君の中には、六合様の純粋で強い霊力が流れている。……だから今度は、その霊力を六合様にお返ししてほしい」

「そのために、織也様には花嫁となっていただきたいのです。六合様がかつてのお元気なお姿を取り戻されるように……！」

ぎゅっと左手を握られ、ちゅっと右手にキスされて、織也は絶句した。

（……なにそれ）

織也の中に、この土地の神様の力が流れている？

その神様の力が弱まっているから、力を返してほしい？

そのために、神様と結婚してほしい……？

「け……っ、結婚なんて、そんな……っ、そんなこと言われても、困ります……！」

バッと手を引っ込めて、織也は震える声を絞り出した。

「あの時助けてもらったことには感謝してるし、神様の力が弱まってるって言うなら協力したいけど、でも……っ、でもそんな霊力なんて、僕にあるとは思えません……！」

自分を助けてくれた犬たちに再会できて、嬉しかった。

その犬たちが普通ではない、人の姿にもなれる狛犬だと知って驚いたけれど、彼らのような不思議で美しい姿形の生き物は、確かに人智を超えた存在だと言われる方が納得がいく。

けれど、織也は見た目も普通だし、特になにか秀でた才能がある訳でもない。

むしろ人よりおっとり、ぼんやりしているくらいなのに、そんな自分に霊力なんて特別な力が備わっているなんて、とうてい信じられない。

「織也様……」

織也に手を振りほどかれた楓が、しゅんとミミを伏せる。その隣で、紅葉が困ったように眉を寄せて口を開いた、その時だった。

「そうは言ってもね、織也……」

「こんちゃぁ。織也くん、いるけ？」

玄関の方から声がかけられる。

「あっ、はい！」

織也が慌てて返事をすると、そっちかねぇ、と言いながら、誰かが庭の方に回ってくる足音が聞こえてきた。

「え……っ、ちょっ、ちょっと待って下さい……っ」

パニックに陥って、織也はおろおろと立ち上がる。

ご近所の誰かが来たのだろうか。

こんな真っ赤な髪の男二人のことを、どう説明したらいいだろう。

(髪どころじゃないよ、楓さん、角生えてるし……っ)

しかも二人とも、犬のミミとシッポが生えているのだ。

どう見たって、普通の人間じゃない。

「か、隠れて下さい、早く……っ」

慌てて二人を立たせ、とりあえず押入に詰めようとぎゅうぎゅうその背を押した織也だったが。

「織也、大丈夫だから、そう押さないでくれないか」

「お……っ、織也様っ、落ち着いて下さい……!」

二人は一向に押入に入ろうとしてくれない。このままじゃ、とぐるぐる目が回りそうになった織也だったが、そこで縁側から声がかかった。

「あらぁ、今お布団片してたの。お寝坊さんだねぇ」

「こ……っ、こんにちは、谷岡《たにおか》のおばあちゃん」

ひょこ、と顔を出したのは、近所に住む農家の谷岡さんだった。農作業を終えたところだろうか、真っ白な髪を手拭いで覆い、その小さな背に大きなカゴを背負っている。

(どうしよう……っ、こういう髪とか角が流行《はや》ってるんですって言えば、なんとかなるかな……⁉)

だらだらと冷や汗を流しながら、あれこれ言い訳を考えていた織也だったが、谷岡のおばあちゃんは背負っていたカゴをよいしょと縁側に置くと、織也を手招きする。

「こっちゃこ、織也くん。いいもんあげっから」

「え？　は、はい」

織也の方を見たおばあちゃんだが、紅葉と楓についてはなにも言わない。こんなに目立つのにどうして、と不思議に思った織也だったが、そこで紅葉が苦笑を浮かべた。

「言っただろう？　普通の人間に、オレたちは見えないって」

「俺たちの声も聞こえていませんから、ご安心下さい」

楓にもそう言われて、織也はなんだか気が抜けてしまった。

（そっか……、おばあちゃんには二人が見えてないんだ）

織也が縁側に歩み寄ると、谷岡のおばあちゃんは顔をほころばせ、カゴからなにかを取り出してみせた。

「ほうら、採れたてだから、うめぇよぉ」

そう言っておばあちゃんが縁側に転がしたのは、真っ赤に熟れたつやつやのトマトと、濃い紫が鮮やかなナス、まだトゲも硬そうなキュウリだった。

「昨日はお菓子あんがとねぇ。これ、お裾《すそ》分け」

どうやら昨日織也が挨拶に行った時に渡したお菓子のお返しらしい。織也は恐縮してしまって、ぺこりと頭を下げた。

「あ……、ありがとうございます。すみません、わざわざ」

「いいっていいって。徳治さんにも、いつもよくしてもらってっからぁ」

カラカラと笑う谷岡のおばあちゃんだが、時折小さく咳《せき》が混じる。織也は少し遠慮しながらも聞いてみた。

「あの……、風邪ですか？　咳……」

「ああ、ちぃっとだけね。大丈夫大丈夫、神様にお参りして帰っから」

じゃあね、とカゴを背負って、おばあちゃんはまた玄関の方へと去っていく。お大事に、とその背を見送っていた織也だったが、そこで、背後から大きな影が二つ差した。

紅葉と楓だ。

「ちょうどいい。織也、社殿に向かうよ」

「え？　社殿って……、神社ですか？」

唐突な紅葉の言葉に、織也は首を傾げる。

「でも神社には今、谷岡のおばあちゃんが……」

「だからです。さ、お早く」

紅葉の隣に立った楓も、織也を促してくる。二人に手を引っ張られた織也は、慌ててその場にあったサンダルをつっかけた。

「早くって……、あの、どうして」

「……君が素晴らしい力を持っているっていうことを、証明してあげるんだよ」

にっこり笑った紅葉の反対側で、楓が頷く。

「微力ながら、俺たちもお手伝いさせていただきますので」

「お手伝いって……っ、わっ」

なんのことですか、と聞くより早く、走り出した二人にぐいっと腕を引っ張られる。

裏口へと走り去る三人の後ろでは、縁側に放り出されたままの野菜がお日様の光を浴びてつやつやと光り輝いていた。


母屋の裏口から神社に向かった織也は、二人に促されるまま、本殿に上がった。

薄野神社の本殿は二つの部屋に分かれており、ご神体を安置している奥の内陣は特別な神事の時以外は入ることができず、鍵も祖父の家の神棚に保管されている。三人が入ったのはその手前の外陣と呼ばれる部屋だった。簡素な造りだが、代々伝わる神具などが保管されており、よくここで神事が執り行われている。

表に面した壁には組み木細工の扉が取りつけられており、中から賽銭箱《さいせんばこ》が置かれた軒下と境内の様子が窺えるが、外からは中が見えない造りになっていた。

外陣に入ってまもなく、谷岡のおばあちゃんが境内に入ってくる。織也は声をひそめて二人に問いかけた。

「あの……、ここでなにをするんですか？」

「神の勤めの手伝い、というところかな。さ、織也。これを持って」

微笑んだ紅葉が、昨日織也が裏山から採ってきて置いておいた榊を渡してくる。濃い緑色の葉を繁らせたそれを受け取って、織也は首を傾げた。

「手伝いって、なにか神事ですか？　でも僕、こんな格好だし、どうしたらいいか……」

徳治はいつも、神事を執り行う前には湯浴みをして身を清め、神主の衣装に着替えている。けれど織也は昨日着ていたポロシャツとハーフパンツの格好のままだ。それに、徳治からは神社の管理については教わったが、神事についてはなにも教わっていない。

戸惑う織也だったが、楓は頭を振って織也を促してくる。

「問題ありません、ごく簡単な動作のみですから。さ、扉の前に」

楓に促され、織也は組み木細工の扉の前に正座した。

階段を上がってきたおばあちゃんが、咳《せ》き込みながら脇にカゴを下ろす。どうやら織也の前では抑えていたらしく、先ほどよりずっと辛《つら》そうな咳だった。

カランカラン、と鈴を鳴らしたおばあちゃんが、小さな背を丸めて二拝する。パンパンと手を打ち鳴らしたおばあちゃんは、そのままじっと目を閉じて祈り始めた。

織也の左耳に顔を近づけ、紅葉が囁《ささや》く。

「榊をかざして、ゆっくり、左右に振ってごらん」

「叶《かな》えたまえ、と心の中で念じながら、振って下さい」

右後ろに座った楓にもそう囁かれて、織也は心の内で念じながら、手にした榊をゆっくりと振った。

（……叶えたまえ……）

その、次の瞬間だった。

「え……」

織也が振った榊からキラキラと星屑《ほしくず》のような光が零れ落ちたかと思うと、ややあって谷岡のおばあちゃんの体が淡い光に包まれたのだ。

優しい、白い光は、ふわりと輝くと、そのまま淡く消えていった。

顔を上げたおばあちゃんが、あら、と目を瞬《しばたた》かせる。

「なんだか、喉が楽になったかねぇ……？」

不思議そうに呟いてから、本殿に向かって深々と一礼し、よいしょ、と再びカゴを背負う。

階段を下りながら少し咳き込むが、その咳は先ほどよりもだいぶ穏やかなものになっていた。

「今のって……」

織也が体ごと振り返り、二人に向き直ると、紅葉が微笑みを浮かべて頷いた。

「加護を授けたんだよ、織也。簡単に言えば、今君は、榊を通じて精気を分け与えたんだ」

「精気……？」

首を傾げた織也に、楓が説明してくれる。

「精気とは、万物を生成する根源の気です。生きとし生けるすべてのものが持っていますが、織也様の精気には神様の霊力が宿っています」

「純度の高い霊力が宿った精気を分け与えることで、お参りした者を守護し、その者の願いを叶える手助けする……、それが、加護を授けるということだよ。神様の大事な勤めの一つだ」

楓の言葉を引き取った紅葉にそう言われて、織也は手にした榊をまじまじと見つめてしまう。先ほどキラキラと光が零れ落ちた榊は、今はごく普通の枝葉に見えた。

「僕が……、僕が、神様のお勤めを……？」

榊をひっくり返し、矯《た》めつ眇《すが》めつ眺めて呆然とする織也に、紅葉が小さく笑う。

「そうだよ。あの者の体調は、これで順調に回復するだろうね。君が神の力を使えるということが、これで分かっただろう？　……しかし、こちらが言い出したこととはいえ、ここまで見事に神の力を使えるなんて、驚いたな」

感心したように呟いた紅葉の眼差しは、どこまでも優しくて温かい。その隣で、楓もまた、キラキラと瞳を輝かせていた。

「素晴らしいです、織也様……！　とても初めてなさったとは思えませんでした。お見事でございました……！」

「あ……、ありがとうございます」

ブンブンとシッポを振って褒めちぎる楓に、織也は呆気に取られながらもそう返す。

（僕が……、谷岡のおばあちゃんに、加護を、授けた……）

先ほどまで訳の分からない、得体の知れない怖いものと思いかけていた神様の霊力が、途端にとても尊いものに思えてくる。

（本当に僕に、そんな力があるんだ……。人の役に立てる力が……）

じっと自分の手を見つめる織也に目を細めて、紅葉が呟く。

「……やはり、君しか考えられない」

「え……？　紅葉さん？」

首を傾げた織也の前に、紅葉がスッと片膝をつく。まるで貴人に仕える従者のような姿に、織也はびっくりしてしまった。

「なにを……！」

「改めて、お願いしたい。織也、どうか、我らが神の花嫁になってほしい……！」

「や……、やめて下さい、紅葉さん、顔上げて……」

紅葉を立たせようとおろおろする織也だが、紅葉は頑として動きそうもない。おまけに、紅葉の隣の楓までもが、片膝をついて頭《こうべ》を垂れた。

「楓さん……！」

「どうぞ、楓とお呼び下さい。神の力をお持ちの織也様こそ、我が主《あるじ》の花嫁に相応《ふさわ》しいお方。どうか、我らをお仕えさせて下さいませ……！」

「そんな、あの、こ……っ、困ります……！」

二人に揃って懇願されて、織也はどうしていいか分からず慌てふためいてしまう。すると、紅葉が顔を上げ、織也を見つめて苦しげに告げてきた。

「……他に、道がないんだ。さっきも言ったが、六合様のお力は日に日に弱まっている。このまま力を失ってしまったら、この地は作物も育たない、荒れ果てた地になってしまうだろう。……オレたちも、消滅する他なくなってしまう」

「……っ、消滅って」

(死んじゃうって、こと……？)

紅葉の瞳は真剣で、とても嘘を言っているようには見えない。うなだれたまま、楓もそれに同調する。

「織也様が花嫁となり、霊力を供給して下されば、神様はきっとお力を取り戻すことでしょう。そうなれば、この地の作物は来年も、再来年も、豊かに実ることができます……！」

谷岡のおばあちゃんが持ってきてくれた野菜が、織也の頭をよぎる。丹精込めて育てた作

物が実らなかったら、おばあちゃんはどれほどがっかりするだろう。他の農家の人たちも、いずれこの地を捨て、離れてしまうかもしれない。

（僕が、神様と結婚すれば……）

こく、と喉を鳴らして、織也は二人に問いかけた。

「あの……、神様と結婚したら、僕はどうなるんですか？」

人ではない存在と結婚する、というのがどういうことなのか分からなくてそう聞いた織也に、紅葉が静かに答える。

「……おそらく、人間ではなくなるだろうね」

「……っ」

息を呑んだ織也に、楓も眉根を寄せて告げてきた。

「神様の花嫁になるということは、神と等しい存在になるということです。永遠に近い命を手に入れられますが、そのお姿は我々と同様に他の人間からは見えなくなるでしょう」

楓の言葉にショックを受けて、織也は息を呑んで俯《うつむ》いてしまう。

先ほど谷岡のおばあちゃんは、二人のことがまるで見えないし、声もまるで聞こえていない様子だった。神様と結婚したら、ああなってしまうということなのだ。

（そんなことになったら、もう大学にも行けないし、おじいちゃんや母さんとも話せなくなる……）

ますます頷けなくなって、織也は唇を引き結んだ。

（でも……、でも二人はちゃんと、打ち明けてくれた）

永遠に近い命を手に入れられると、それだけ告げて誤魔化《ごまか》すこともできたはずなのに、二人は織也に嘘はつかなかった。

だったら自分も、二人にちゃんと向き合わなければならない。

こく、と喉を鳴らして、織也は顔を上げた。

「……僕が協力できることはしたいです。助けていただいたご恩返しにもなると思うし、僕だって、この神社や、この土地が廃れるのは嫌です。でも僕は、おじいちゃんが入院している間、神社の管理を引き受けただけなんです。だから、秋には大学に戻らないといけないし、結婚って言われてもまだ考えられません。……人間じゃなくなるっていうのも、怖い」

正直な気持ちを打ち明け、織也は二人に聞いてみる。

「神様に霊力をお返しするには、どうしても結婚しないといけないんですか？　今おばあちゃんにしたみたいな方法でいいなら、いくらでも……」

「……残念ながら、それは無理なんだよ」

織也を遮り、紅葉が難しい顔をして続ける。

「人間には、ああして榊を介してでも霊力を分け与えることができる。でも、人間である織也が、人ならざる者に霊力を分けるとなれば、それだけでは不十分だ」

「特に神様にとなると、やはり夫婦とならなければ、霊力を供することはできません」

険しい顔で言う楓も、他に方法があればそれを試すだろう。

お仕えしている神様を助けたいという思いはひしひし伝わってくるし、彼らだって自分たちが消滅してしまうかどうかがかかっている。

（……なにか他に、僕にできることはないのかな）

少なくともあと数週間はここにいるのだ。その間にできることはないのだろうかと考え、黙り込んでしまった織也だったが、二人はなにも言わない織也にだんだん悲壮な顔つきになってくる。

「織也……、どうしても、駄目だろうか」

ため息をついた紅葉が、縋《すが》るように織也の右手を取る。眇められた瞳は苦しそうで、思わずドキッとしてしまった織也は、途端にうまく言葉が紡げなくなった。

「あ……、あの、でも……」

「無茶なことを言っているとは分かっている。でも、本当に他にもう方法がないんだ。君に拒まれたら、なにもかもが終わってしまう」

「紅葉さん……」

掠れ気味の紅葉の声は、わずかに震えているようだった。

会ったばかりだが、どこか飄々《ひょうひょう》とした雰囲気の紅葉がこんなに必死になるなんて、きっと滅多にないことなのだろうと察せられて、織也はなにも言えなくなってしまう。

「……織也様」

ミミを伏せた楓が、思いつめたような表情で織也の左手を取る。ぎゅっと握ってくるその手の強さは、楓がどれだけ神様のことを案じているのか知らしめるようで、織也まで胸が痛くなってしまうほどだった。

「神に生かされている我々には、織也様にお縋りする他に術《すべ》がないのです……！　ですから、どうか……っ、どうか、お力をお貸し下さい……！」

「……楓さん」

悲痛なその声に、織也は二人を強く拒むことができなくなってしまった。

紅葉も楓も、かつて自分を助けてくれた。

その二人がこれほど頼んできているのに、なにもできないとは言えない。

結婚はできないとしても、できる限りのことは、したい。

「あの……、じゃあ、結婚とかはとりあえず置いておいて、ここにいる間、さっきみたいにお手伝いをする、ということなら……」

おずおずとそう言った途端、二人が目を輝かせて織也に飛びついてくる。

「わっ！」

「本当かい、織也⁉」

「織也様、織也様……っ、ありがとうございます……！」

まるで犬が喜びのあまり主人を舐めまくるみたいに、ちぎれんばかりにシッポを振り、織也のこめかみや頭にキスの雨を降らせてくる。

二人の美丈夫の熱烈な喜びっぷりに、織也は慌てて声を上げた。

「あのっ、ここにいる間だけですよ⁉　さっきみたいに、神様のお仕事の手伝いをするだけで、結婚とかは……っ」

焦る織也に、紅葉がにっこり笑って言う。

「ああ、分かっているよ。花嫁修業ということだろう？」

「え……っ、はっ、花嫁修業⁉」

ぽかんとした織也の左に陣取って、楓が大真面目に頷く。

「参拝者に加護を授けるということは、神様の代行をされるということです。神様の勤めを代行していただく以上、我々狛犬は織也様をお守りし、お仕えする義務があります」

「狛犬が仕えるのは、神様だけだ。唯一例外があるとすれば、それは神様の伴侶だけれど、織也はまだ結婚する気はない。なら、花嫁修業中ということで手を打つよ」

それならいいだろう、と紅葉に押し切られて、織也は呆気に取られながらも言い淀んだ。

「で、でも、僕は花嫁にはなれな……」

「織也様……」

織也が言いかけた途端、しゅーん、と楓のミミとシッポが目に見えて力なくうなだれる。

「織也様は、この神社がお嫌いですか……？」

悲痛な面もちの楓に聞かれて、織也はうっと言葉に詰まった。

「それは、嫌いじゃ、ないですけど……」

「……織也」

織也と楓を見比べた紅葉が、しゅん、と自分のミミとシッポもうなだれさせる。

「織也が花嫁修業をしてくれたら、神様の負担も減る。もしかしたら元通り、お力が戻るかもしれない。それでも、花嫁修業をしてはくれないだろうか……？」

「ちょ……っ、紅葉さんまで、やめてください……っ」

（な、なにこれ、まるで僕がいじめてるみたいな……っ）

悲しげな顔をする紅葉だが、こちらはどうも落ち込む楓に織也が狼狽《うろた》えたのを見て、わざとこんな表情を作っている気がする。それでも、目の前で自分より大きな男二人にそろって沈痛な面もちをされては、織也に勝ち目などあるはずもない。

「わ……、分かりました、じゃあの、あくまで修業ってことなら……」

「……織也！」

「織也様……！」

途端に瞳を輝かせ始めた二人に、織也は啞然としてしまう。

（……わざとじゃないよね？）

あまりの切り替えの早さに、つい疑ってしまいそうになる。だが、紅葉はともかく、楓はこんな嘘はつけない性格だろう。

ちら、と見やった紅葉は、その形のいい唇ににんまりと笑みを浮かべていて、織也はため息をついた。やはりどうやら、紅葉はわざとだったらしい。

（……でも、その前のは、本気だったみたいだし）

君に拒まれたら、なにもかもが終わってしまうと、その言葉は紅葉の本心だったと思う。

（まあ、修業ってことだけなら、仕方ないか……）

本当に結婚する訳ではないのだから、とそう自分を納得させた織也だったが、そこで紅葉がにっこりと織也に笑いかけてくる。

「じゃあ早速、花嫁修業で一番大事な修行をしなければね」

「え？　わっ、ちょ……っ」

トン、と胸元を押されて、織也は床の上にころんと仰向《あおむ》けに転がってしまった。

びっくりして目を瞬かせていると、視界に二人がぬっと顔を出してくる。

「あ、あの……？　一番大事な修行って……？」

まるで二人に覆い被《かぶ》さられるような格好に少し不安になりながら織也が聞くと、楓が真面目な表情で答えた。

「もちろん、夜伽《よとぎ》です、織也様」

「よと……、夜伽!?」

とんでもないことを言われて大声を上げた織也に、ふふ、と紅葉が目を細める。

「そうだよ。神様に精気を供給するには、体液を捧げるのが一番効果的だからね。体液には多くの精気が含まれている。命の源となる精液なら、尚更《なおさら》だ」

「せ……!?」

突然飛び出した単語に呆気に取られる織也だったが、楓が紅葉の続きを引き取る。

「性行為自体は夫婦でなくとも行えますが、やはり神様と契《ちぎ》りを交わすのは、きちんとお迎えした伴侶でなくてはなりません。ですから、神様に霊力を供給するには夫婦にならなければ、と申し上げたのです」

「そ……、そんなの聞いてません……っ」

確かに神様と結婚しなければならないとは言われたが、そんな意味だとは聞いていない。慌てて身を起こそうとした織也だったが、それより早く、紅葉が口を開いた。

「……楓」

「ああ、分かってる」

頷いた楓が、素早く織也の頭の方に回り込む。織也の両手首をあっという間に押さえ込んだ楓に、織也は目を見開いた。

「楓さん!? あの、放して下さい……っ」

「なりません。織也様はこういった行為には不慣れでいらっしゃるのでしょう? 暴れられておケガをされては事です」

眉を寄せてそう言う楓は真剣そのもので、どうやら織也を案じて拘束しているらしい。

織也は困り果てながらも訴えた。

「僕のこと心配してくれるなら、こういうことしないで下さい……!」

「何故ですか?」

けれど楓は、不思議そうに首を傾げる。

「夜伽は神様と繋《つな》がる神聖な行為です。善き行為であるからこそ快楽が伴うのですから、なにも忌む必要はありません」

きっぱりとそう言う楓は、心の底からそう思っているのだろう。迷いのない瞳で続ける。

「今はあくまでも花嫁修業ということですが、織也様がいつ気が変わられてもいいように、夜伽の修行を我らがお手伝いするのは当然のことです」

「快楽が深まれば深まるほど、極上の精気が迸《ほとばし》るからね。オレたちは来《きた》る日のために、織也の体を開発する必要がある。より美味《おい》しい精液を出せるよう、君に夜伽のいろはを教えてあげるよ」

にっこり笑った紅葉に、織也は慌てて抗議しようとした。

「そんな日は来ませ……っ、ひゃあっ⁉」

けれど、皆まで言うより早く、するりとポロシャツの裾から指先が忍び込んでくる。織也よりずっと大きなその手は、紅葉のものだった。

「ぁ……っ！　ちょ……っ、っく！」

肉付きの薄い腹をくすぐるように撫でられて、織也はびくんと肩を震わせる。からかうように肌を撫でながら、紅葉がほう、と目を細めた。

「織也は敏感なようだね。これは開発のしがいがありそうだ」

「や……、やめて、下さい……っ、こんなの……！」

恋愛に興味のなかった織也にとっては、こんな風に誰かに肌を触られるのも初めてだ。自分よりずっと体格のいい二人に押さえ込まれては、撥ねのけることもできない。

（やだ……、やだ、怖い……っ）

カタカタと震えながらも、織也は懸命に頭を働かせ、紅葉を見上げて精一杯抗議した。

「……っ、僕は花嫁にはなりませんし、夜伽なんてしないんだから、こんなこと必要ありません……！　それに、神様の花嫁にするつもりなら、狛犬のあなたたちがこんなことしちゃいけないんじゃないですか……⁉」

懸命に訴える織也だが、紅葉は頭を振って笑う。

「言っただろう？　オレたちは織也の体を開発するだけだって。織也の貞操を汚したりはしないよ。それに、たとえ織也が花嫁にならないとしても、こうすることで神様の負担は確実に減るんだ」

「え……、っ、あ……！」

つうっと上がってきた指先が、織也の乳首を探り当てる。爪《つめ》の先をすりすりと擦りつけられて、織也はそこに走った甘痒《あまがゆ》いような感覚に息をつめた。

そんなところで感じるなんて考えたこともなかったのに、何度も繰り返されるうちに小さな粒がぷっくり膨れ上がってきてしまう。指の腹で転がされると、じぃんと下肢に甘い痺《しび》れが走って、織也は羞恥《しゅうち》にカアッと頰を染めた。

「や……、見ないで……、や……っ」

ポロシャツの裾を捲《まく》り上げられ、上半身を露《あら》わにされた恥ずかしさに身を捩る織也に、楓がこく、と喉を鳴らす。

「……織也、様」

見上げた楓の黒い瞳は、濡れたように光っていた。

「……兄者の言っていることは本当なのです。夜伽の修行の目的はあくまでも、織也様に性行為で得られる快楽を深めていただくことですが、織也様が感じて下されば下さるほど、織也様に触れている我らも精気の恩恵に与れます」

「オレたちが織也から霊力を分けてもらえれば、神様の負担はそれだけ減る……。それにね、織也、オレたちは今、腹ぺこなんだ」

そう言った紅葉も、艶めいた眼差しでじっと織也を見据えてくる。

「なにせ、最近神社は神主が不在で供えものもなかった上、昨夜は悪霊と戦って随分霊力を消耗したからね。……正直、今のオレたちには織也がご馳走《ちそう》に見えるんだよ」

「ひ……っ、や……、いや……っ」

瞳を眇めた紅葉の視線の強さに、織也は怯えて逃げだそうとした。けれど、楓に強く両腕を押さえられ、紅葉にのしかかられているこの状況では、身を捩ることも容易にはできない。

（食べ……っ、食べられる……！）

ご馳走、という紅葉の言葉が、とても比喩《ひゆ》には思えなくて、織也は震え上がった。人ではない彼らは、大きな獣にも変身することができる。あの姿だったら、織也を頭からバリバリ食べてしまうことなどたやすいだろう。

「やだ……、放して……っ、や……」

目に涙を浮かべて懇願する織也に、楓が低く真摯な声で囁きかけてくる。

「ご安心下さい、織也様。俺たちは狛犬です。神様を裏切るようなことは決してしません」

「オレたちは君を、神様の花嫁として迎えたいんだ。だから、気持ちいいことしかしないよ。……約束する」

やわらかな紅葉の優しい声音がどうしてか怖くて、織也はぎゅっと目を閉じてしきりに頭を振った。

「嫌……、や、嫌です……」

気持ちよくなんてなりたくない。夜伽の練習なんて必要ない。

頑《かたく》なな織也に、紅葉がふっと低く笑う気配がする。

「……いくら抗っても無駄だよ。オレたちが、織也の体をいやらしく仕立ててあげる」

「や……、んんん……っ」

織也の胸元に顔を伏せた紅葉が、つんと尖《とが》った胸の先をぺろりと舐め上げる。その途端、びりっと痺れるような刺激が腰の奥まで駆け抜けて、織也は慌てて唇を噛んだ。

織也の頭上で、楓が目を細める。

「織也様が夜伽を好きになって下さるよう、たくさん感じさせて差し上げますね」

片手で織也の右手首を摑んだ楓が、空いた手で織也の髪を撫で、そのまま するりと頬を撫で下ろす。噛みしめた唇を指先でそっとなぞられて、織也は緊張に身を強ばらせた。

噛みしめた唇を指先でそっとなぞられて、織也は緊張に身を強ばらせた。

「織也様……、そのままでは唇が傷ついてしまいます。どうぞ、俺の指を噛んで下さい」

「ん……っ、んんん、や、んむ……っ」

そんな事できないと拒もうとしたのに、一瞬の隙《すき》をついて、楓が指を滑り込ませてくる。

いくら自分を拘束している相手とはいえ、指を噛んで傷つけることなんてできなくて、織也は懸命に指から逃れようと頭を振った。

けれど。

「ん……、ふふ、織也の体、どんどん熱くなってくるね」

「んう……っ、んや……っ、あ、あ」

低く笑みを漏らした紅葉が、唇で挟んだ乳首を、そのまま舌先でちろちろとくすぐってくる。じんじんと疼《うず》くそこが怖いのに、きゅうっと吸われる度に足の間に熱が集まってきて、織也は思わず高い声を漏らしていた。

その途端、口腔のやわらかい粘膜を楓の指がかすめる。

「は……っ、んむ……っ」

「……織也様は、口の中も感じるのですか？」

びくっと肩を震わせた織也に気づいた楓が、ねっとりと指先で織也の口の中を探り始める。ぬるりと滑った指先に舌をくすぐられ、あちこちを撫でられる度に、くちゅりと音が立つのが恥ずかしくて、織也は顔を真っ赤にしてしまう。

「や、んむ……っ、んんんっ」

唾液《だえき》が溢《あふ》れそうになって思わずこくりと喉を鳴らすと、自然に楓の指に吸いつくような動きになってしまった。わざとではないのに、楓は嬉しそうに目を輝かせる。

「織也様、なんてお可愛らしい……」

楓の背後からパサパサと聞こえてくるのは、シッポが振られる音だろうか。

「もっと、……もっと、俺の指を吸って下さい……。口淫《こういん》の練習だと思って、……さあ」

うっとりと呟いた楓が、くちゅくちゅと織也の口の中をかき混ぜ始める。

長い指先でくるくると舌を弄《もてあそ》ばれながらいやらしく抜き差しされて、織也はたまらず楓の指に歯を立てた。けれど、噛んだら痛いだろうと思うと、どうしてもそれ以上力を入れることができない。

「んむ……っ、んっ、ううう っ」

そうこうしているうちに、紅葉の熱い指先が織也の下腹をゆっくり撫で下ろしていく。

ぎゅうっと足を閉じて紅葉の手を阻もうとした織也だったが、紅葉は小さく笑みを零すと、舌先でピンと硬くなった乳首を弾いてきた。

「ここも気持ちがいいことを覚えないとね。……たくさん可愛がってあげるよ、織也」

「んく……っ、あっ、や……っ、やめ……っ」

びくっと腰が揺れた途端、紅葉がハーフパンツの上からするりと織也のそこに手を這わせてしまう。

すっかり硬くなってしまった性器を布越しにすりすりと撫でられて、織也はあまりの羞恥に涙目になってしまった。

「う……、う、う……」

疼くそこを服の上からなぞられると、指を追いかけて腰が浮いてしまいそうになる。

必死に我慢しようと、紅葉の指から意識を逸《そ》らそうとするのに、意地悪な囁きがそれを許さない。

「もうこんなに熱くして……。少し触られただけでこんなに反応するなんて、はしたない体だね、織也。わざわざ開発するまでもなかったかな」

「ち、が……、んん……」

違うと、こんなの嫌だと言いたいのに、楓の指に塞《ふさ》がれた口からはくぐもった喘《あえ》ぎしか出てこない。

いやいやと頭を振る織也に、楓がなだめるように声をかけてくる。

「織也様、なにも恥じることはございません。これほど感じやすい体なら、我らの神もきっとお気に召します。乱れる織也様は、大変お可愛らしいです」

「や……っ、うう……！」

真面目な楓は心からそう思っているのだろうが、それが逆に恥ずかしいということは理解してくれないらしい。

今にも泣き出しそうな織也に、紅葉が追い打ちをかける。

「そうだよ、織也。だからもっと、気持ちよくなってごらん」

「う、あ……っ、やめ……っ、あ、ひぅ……っ」

すう、と幹をなぞり上げた手が、ウエストのゴムをくぐって下着の中に潜り込んでくる。激しく頭を振ってどうにか楓の指から逃れ、紅葉を制止しようとした織也だったが、それより早く、くちゅ、と小さな音が立ってしまった。

「い、やだ……、や……」

顔を真っ赤にしてぎゅっと目を瞑り、震え上がった織也に、紅葉が艶めいた声で囁きかけてくる。

「……濡れてるね、織也」

「や……、ちが、違う……っ、こんな、の……っ」

「なにが違うの。下着にもう、いやらしいシミができてるじゃない」

クスクスと笑った紅葉が、太腿《ふともも》まで下着ごとハーフパンツをずり下ろしてしまう。露わになった性器は真っ赤に腫《は》れ、とろりと零れた透明な蜜《みつ》でつやつやと濡れ光っていた。

「や……」

小さく喘いで体を打ち震わせた織也の頭上で、楓がこくりと喉を鳴らす。

「……っ、俺も、触れてよろしいですか、織也様」

「え……っ、あ……！　う、く……っ！」

摑《つか》まれていた手首を解放され、織也は慌てて逃げようと身を起こす。けれど、逃げ出すより早く、きゅっと紅葉に手の中のものを握られてしまった。

「ここ、二人でめいっぱい、可愛がってあげるよ、織也」

「あ、あ……っ、や、や……！」

大きな手にくちゅくちゅと扱《しご》き立てられては、とても立ち上がれない。

背を丸めて肩をびくびく震わせながらも、なんとか紅葉の腕を掴んでとめようとした織也だが、反対側から楓の手が足の間に差し込まれてしまう。

「あっ、やめ……！　ひぅっ、あ……っ、あ、や、や……！」

「織也様……、こんなところまで、蜜が滴って……」

織也の背を支えた楓が、根元の膨らみをぬるりとなぞり上げてくる。そのまま長い指先で蜜袋をやわらかく揉みしだかれて、織也はたまらず押し返そうとしていた楓の胸元にしがみついてしまった。

「い、や……っ、あ、あっあっ」

にゅるんにゅるんと楓の指先が滑る度、腰が浮いてしまいそうな甘痒い感覚が駆け抜け、とめどなく先走りの蜜が溢れてしまう。

しかも、織也のそこを苛《さいな》むのは楓だけではない。

「どんどん溢れてくるね……。ここ気持ちいいんだ、ん？」

「ひぁっ、そこや……っ、や、や……っ」

幹をさすりながら、嫌じゃないでしょ、と笑った紅葉が指の腹でくりくりと先端の小孔を弄《いじ》ってくる。透明な粘液をにちゃにちゃとなすりつけられると、どうしてもびくびくと肩が跳ねてしまって、織也は弱々しく頭を振ることしかできない。

紅葉の指が蠢《うごめ》く度に、先っぽがじんじん疼いて、怖いくらいそこが熱くて。

（なんで、こんな……っ、なんで……！）

二人の男に左右からいいように性器を弄ばれて、織也は羞恥と混乱に瞳を潤ませた。涙の滲んだ目尻に、楓が唇を寄せてくる。

「織也様……。もう達しそうなのですか？　織也様の精気がどんどん濃く、甘くなってきています。ここもう、ぴくぴく震えて……」

薄い唇が、織也の目尻に浮かんだ雫《しずく》を吸い取っていく。

「あ、ううう、か、えでさ……っ、あ、あ……！」

きゅうっと身を竦《すく》めた織也を抱きすくめて、楓は蜜の詰まった袋を立てた指先でそっと掻《か》くようにしてくすぐってきた。敏感なそこから焦《じ》れったさが込み上げてきて、織也は思わず内腿をすり合わせてしまう。

ふ、と反対側で低く笑った紅葉が、先端の切れ込みをねっとりとなぞりながら、織也の胸元に顔を寄せてきた。

「いやらしいね、織也。でも、これからもっと、いやらしくしてあげる。オレたちが君を、誰より淫《みだ》らな花嫁に仕立ててあげるよ……」

「や、や……っ、ひぅっ、あっあっあ……っ、し、な……っ、しないで、紅葉さ……っ」

囁いた紅葉が、ピンと尖った乳首をちゅくちゅく吸い立ててくる。

そんなところが感じるなんておかしいのに、こりこりになった胸の粒を熱い舌で押し潰《つぶ》されると、そこから生まれる甘い疼痛《とうつう》で頭がいっぱいになってしまって、なにも考えられなくなってしまう。

「や、だ……、や、も、も……っ」

びく、びく、と震える織也に、紅葉が、楓が、一層淫らな愛撫《あいぶ》をしかけてくる。

「ん……、いいよ、織也。織也の精気がどんどん美味しそうな匂いになってきてる」

「早く……、早く我らに、織也様の精液をお与え下さい。欲しくて欲しくて、……もうおかしく、なりそうなのです……！」

「ひ……っ、あ、ううううっ！」

濡れた胸の先に、ふうっと冷たい吐息を吹きかけられ、びくびくと震える花茎をつーっとなぞり上げられ、ぬるぬるの蜜にまみれた根元の膨らみを促すようにやわらかくきゅっと握られて――。

「……っ、う、く……っ、あ、う……！」

びくんっ、びくっと不規則に体を跳ねさせて、織也は堪えきれずに二人の手に精を零した。

ぴゅるう、と飛び出た白い蜜に目を細め、紅葉が一層強くくちゅくちゅと花芯を扱き立ててくる。

「たくさん出たね……、ほら、最後まで搾ってあげよう」

「や、あ、あ……、も、出な……っ」

「こんなに蜜が詰まっているのですから、まだ出し足りないはず。恥ずかしくなどありませんから、たくさん達していいのですよ、織也様」

喘ぐ織也をじっと見つめながら、楓がきゅっきゅっと蜜袋を押し揉んでくる。

二人に執拗《しつよう》に性器を弄られ続け、何度も白濁を溢れさせた織也は、その度に絶頂に押し上げられ、すっかり体に力が入らなくなってしまった。

「も……、も、無理……」

荒く胸を上下させながら訴えると、二人がくったりと萎《な》えた性器からようやく手を放す。

最後の一滴まで搾り取られた織也は、はあ、は、と息を切らせて、ぐったりと楓に寄りかかった。

(し……、信じられない、あんな……、あんな……っ)

立て続けに何度も味わわされた絶頂の余韻がなかなか引かなくて、目の前がくらくらする。

なんとか身を起こそうとした織也は、ふと二人を見やって大きく目を瞠った。

「な……っ、なに……っ、なにして……！」

双子の美丈夫は、織也の蜜で濡れた己の手に、あろうことか舌を這わせていたのだ。

長い指先から滴り落ちる白蜜を舌で舐め取り、ちゅる、と啜《すす》り上げながら、うっとりと目を細めている。

「ん、は……、ああ、なんて、美味しい……」

「ん……、ご馳走様、織也」

「な……、な……！」

なんてことをするのかと真っ赤になって言葉を失った織也だったが、ふふ、と優雅な笑みを浮かべた紅葉は、シッポを一振りして平然と囁きかけてくる。

「素晴らしい精気だったよ、織也。でも、もう少し我慢してからの方が、もっと美味しい精気になるだろうね。次は少し頑張って、射精を堪えてみようか」

その方がきっと、もっと敏感になるよと微笑む紅葉の反対側で、楓が眉を寄せる。

「なにを言う、兄者。織也様がお心のままに感じて下さるのが一番に決まっている。織也様が満足するまでたくさん達して下さればこそ、このように極上の精気が……」

「や……っ、やめて下さい！　なに言ってるんですか、二人とも！」

揉め出した二人の会話に耐えられなくなって、織也は大慌てで立ち上がって服の乱れを直す。

「こんな……、いきなりこんなことするなんて、なに考えてるんですか！」

「織也様？　しかし、これは花嫁修業で……」

「僕は嫌だって、何度も言いました……っ！」

戸惑う楓を、織也は耳まで真っ赤にして遮る。織也様、と目を瞠った楓のミミとシッポが、みるみるうちにしゅんとうなだれていった。

「あ……」

途端に可哀想《かわいそう》になってしまってたじろいだ織也に、紅葉が呼びかけてくる。

「なにを怒っているんだ、織也」

その声音は、先ほどまでのからかうような響きはなかったものの、心底不思議そうなものだった。

「楓も言っただろう？　夜伽はなにも忌むべきものじゃない。オレたちだって、織也から精気をもらえて久しぶりに餓《う》えが薄らいだし、織也だってあんなに可愛い声で喘いで……」

「……っ、あんなことされたら、誰だってああなります！　それとこれとは別です！」

叫んだ織也に、紅葉が首を傾げる。

「でも、気持ちよかったんだろう？　ならいいじゃないか」

「よくありません！」

ちっとも織也の気持ちを汲《く》んでくれない紅葉に叫んだ織也だったが、紅葉は肩を竦めるだけで一向に応えた様子がない。

反対に、紅葉の隣の楓はますますミミとシッポを伏せてしょげ返ってしまった。

「……申し訳ありませんでした」

「……なにがダメなのか、さっぱり分からないね」

この世の終わりみたいな顔つきで謝る楓の横で、紅葉がため息混じりに長い髪をかき上げる。あまりに対極な態度の二人に、織也はどうしていいか混乱し――。

「もう……っ、もう知りません！」

そう言い捨てるなり、社殿を飛び出してしまった。

織也、織也様、と狼狽えた二人の声が追い縋ってきたが、構わずサンダルを突っかけ、境内を早足で横切る。

（いくら精気に餓えてたからって、あんな……、あんなやらしいことするなんて……！）

恥ずかしくて恥ずかしくて、とても顔が上げられない。

並んだ狛犬像の真ん中を、織也はぎゅっと唇を噛んで駆け抜けた。

誰もいなくなった境内に、蝉の声がまるでシャワーのように降り注いでいた。


ザッザッと誰もいない境内を竹箒《たけぼうき》で掃いて、織也は小さくため息を零した。

（折角こないだ綺麗にしたのに、もうこんなにゴミ溜まっちゃってる……）

昨日一日掃除しなかっただけなのに、と考えかけたところで、知らず知らずのうちに頬が熱くなってしまう。まだ気温の上がっていない、早朝の境内に吹く風は涼しかったけれど、織也はパタパタと手で頬を扇《あお》いでゴミをまとめた。

昨日、社殿であんなことをされた織也は、恥ずかしくて神社に行けず、結局丸一日掃除ができなかった。代わりにと母屋の庭の草むしりに精を出したのは完全に逃避だ。

このままではいけない、けれど、祖父から神社の管理を引き受けたのだからちゃんと掃除しないと、と意を決して神社に向かったのが今朝早くのこと。

けれど、狛犬の双子は未だに織也の前に姿を見せない。

(夢だった……、……訳ないよね)

チラ、と参道の左右を守る狛犬像を見て、織也はもう一度ため息をついた。

昨日母屋に逃げ戻った時、縁側に面した部屋には確かにバスタオルが散らかっていた。しかし不思議なことに、染みになっていたはずの狛犬たちの血は綺麗さっぱり消えていたのだ。

先ほど、一昨日《おととい》の夜に狛犬たちが倒れていた賽銭箱の辺りも掃除したが、やはりそこにも血の跡はなかった。

——まるで、彼らの存在自体が、夢か幻だったかのように。

(ううん、夢でも幻でもない。……あの二人はきっとここに、いる)

幼い頃、自分を助けてくれた後に姿を消してしまったように、見えなくなっているだけで、彼らは存在している。

箒とちりとりを片付けて、織也は狛犬像に近寄った。

左右の阿吽像の前脚を、代わる代わるそっと撫でてみる。

昨日されたことを思い出すと恥ずかしくていたたまれないし、恋人同士でもないのにああいうことをしてしまう二人もどうかと思う。でも。

(二人とも人間じゃないから、そういう感覚が違うのかな……)

楓は最終的には反省してくれたみたいだったけれど、最初はまったく悪いことをしているという意識はないようだったし、紅葉に至っては言わずもがなだ。

それに、悪霊を退けるために霊力を使い果たしたと言っていた紅葉の言葉を思い出すと、複雑な気持ちになる。

(……きっと今までも、ああして人知れずこの神社を守ってくれてたんだろうな)

いくら神様の霊力のおかげで傷の治りが早いと言っても、ケガをして痛くない訳がない。

それでもこの神社のために、身を挺《てい》して悪霊と戦ってくれていた二人のことを思うと、頭ごなしに怒ることも躊躇《ためら》われる。

(お供えものもなくて、おなかすいてたって言ってたな……)

織也の精気を補充して少しは餓えも薄らいだとは言っていたけれど、結局その後は恥ずかしくて神社に行けなかったから、昨日は当然お供えものもしていない。

二人は大丈夫だろうか、またケガしたりしていないだろうかと、傷を負っていたところを思い出しながら、ぺたぺたと像を触っていると、ふいに背後から声がかかった。

「あらぁ、今日は早起きだねぇ、織也くん」

「あ……、谷岡さん。おはようございます」

振り返るとそこには、モンペ姿の谷岡のおばあちゃんがいた。今日もカゴを背中に背負っている。

「昨日はお野菜、ありがとうございました」

「もう食べたけ？」

「はい、昨日はキュウリとトマトでサラダにしました。ナスは今日いただきますね」

「そうけそうけ。したら、これも食べてくんろ」

にこっと破顔したおばあちゃんが、カゴを下ろして中からレタスを取り出す。

「レタスは朝採りがえぇし、今ちょっと畑行って採ってきたんよ。これがえぇかね。ああ、これもえぇ按配《あんばい》やね」

ポンポンポンッと大玉のそれを三つも渡されて、織也は慌ててしまった。

「おっ、おばあちゃん、僕今一人だから、こんなに食べれません……！」

「大丈夫大丈夫。湯がいてポン酢で食べたらすぐだぁ。ポン酢にオリーブオイルちっと混ぜると、んめぇから。余ったらベーコンと炒《いた》めて、パスタにするとえぇよ」

やってみ、と言われて、織也は呆気に取られつつも微笑んだ。おばあちゃんの口から、オリーブオイルとかパスタなんて単語が出てくるとは思わなかった。

「はい、やってみます。ありがとうございます」

「若ぇ男《わけ》の子なんだから、遠慮せんといっぱい食べんさい。好き嫌いしちゃいけんよ」

釘を刺されて、織也はくすくす笑いながらハイと頷く。

谷岡のおばあちゃんは、織也が一人で留守を預かっていると聞いて、心配してくれているのだろう。こうしてあれこれ構ってもらえるのはなんだかくすぐったくて、嬉しい。

「あ……、そういえばおばあちゃん、その……、風邪、よくなりましたか？」

おばあちゃんが今日は咳をしていないことに気づいて、織也はおずおずと尋ねてみる。すると谷岡のおばあちゃんは、うんうんと頷いてカゴを背負った。

「昨日神さんにお参りしてから、不思議とすぐに治ってねぇ。今日はそのお礼参りも兼ねて来たんよ」

神さんのおかげやねぇ、と目を細めるおばあちゃんに、織也は面映ゆさを感じつつもよかったですねと相槌《あいづち》を打った。

（……やっぱり、昨日のあれは夢じゃない）

おばあちゃんの風邪が治ったのは自分が加護を授けたからだ、なんて自惚《うぬぼ》れるつもりはないけれど、でも少なからずあの行為がおばあちゃんの助けになったことは確かだ。

（こんな力があるなら、もっと役立てたい。谷岡のおばあちゃんだけじゃなくて、お参りに来てくれる他の人にも加護を授けることができたら……）

考え込んでいた織也だが、その時おばあちゃんが、ぽつりと呟く。

「……今年はちっとは紅葉《こうよう》が見れるかねぇ」

視線の先には、深緑のモミジがあった。

「そういえばこの神社、モミジが多いですよね」

いつだったか、織也がまだ小さい頃に遊びに来た時、境内を囲むように植えられているモミジが真っ赤に色づいていて、圧倒されるほど綺麗だったのを覚えている。

今年は夏休みだけしかここにいないから、あのモミジは見られないんだろうなと思っていると、谷岡のおばあちゃんがゆるく頭を振った。

「いつからかねぇ、ここのモミジは緑のまんま、枯れ落ちるようになってねぇ」

「え……」

「神さんがいなくなった、なんて言うもんもおるけど、バチ当たりじゃねぇ。そんなこと、あるわけねぇのに」

よいしょ、とカゴを背負い直して、おばあちゃんはそれじゃあ、とお参りに行ってしまう。

織也はレタスを狛犬像の台座に置いて、小さく呼んでみた。

「……紅葉さん、楓さん。……いるなら、出てきて下さい」

呟いた途端、ふわ、と織也の前に白い靄が浮かぶ。濃い霧のようなそれが晴れると、そこには楓が困ったような顔で立っていた。

「織也様……」

緊張した面もちの楓が、やおら片膝をつき、頭を垂れる。織也がなにか言うより早く、その傍らにもう一つ、白い靄が浮かび、そこから紅葉が姿を現した。

「ずるいじゃないか、楓。オレが何度も織也に会いに行こうって言ったのをとめておいて、織也に呼ばれた途端、真っ先に自分が姿を現すなんて」

「……織也様が呼んで下さったのだ。当然だろう」

紅葉の方を見ようとはせず、楓がそう答える。織也は二人を見つめながら口を開いた。

「聞きたいことがあるんです。……楓さん、顔、上げて下さい」

「……しかし」

織也の言葉に、楓が躊躇う。織也はしゃがんで楓の顔を覗き込んだ。

「……反省、しましたか？」

「は……っ、はい」

「もうあんなこと、しませんか？」

「織也様がお嫌なことは、天地神明に誓って、二度といたしません……！」

真剣な眼差しでそう言う楓のあまりの必死さに、織也はなんだか目の前の男が可愛く思えてきてしまった。

（僕よりずっと背も高いし、なんかカッコいいし、角なんてあるけど、……でもこの人、本当に犬っぽい）

くす、と微笑んだ織也だったが、その表情に目をとめたのは紅葉の方だった。

「……もしかして、許してくれるのかい？」

片方の眉を上げて、意外そうにそう聞いてくる。織也は紅葉を見上げて首を傾げた。

「紅葉さんも、反省してますか？」

「うん、してるしてる」

（……軽い！）

即答する紅葉があまりに軽くて面食らった織也だったが、そんな紅葉の態度は楓の逆鱗《げきりん》に触れたらしい。

「兄者！　反省しているなら、きちんと織也様にお詫《わ》びして、もう二度としないと誓え！」

「二度としないとは誓えないなあ。だって織也の精気、美味しかったし」

「兄者……！」

のらりくらりと答えた紅葉に、楓が割れんばかりの大声で怒鳴る。織也は思わず楓をなだめてしまった。

「楓さん、もういいですから。……紅葉さんも、霊力が足りないなら、榊いっぱい振ってあげますから、それで我慢して下さい」

「……織也はいい子だねえ」

つい兄弟喧嘩の仲裁に回ってしまった織也に、紅葉が目を細める。

「オレは織也を神様の花嫁にするの、諦《あきら》めないよ。それでもいいかな」

「……いくら言われても、なりません」

断る織也だが、紅葉は懲りた様子もなく微笑みを浮かべている。はあ、とため息をついた織也に、楓が頭を下げてきた。

「兄が申し訳ありません、織也様。俺が決して、決して不埒《ふらち》な真似などさせませんから、どうぞお許し下さい……！」

「わ、分かりましたから、頭上げて、楓さん」

こんなに謝られては、怒る気も失《う》せてしまう。

(これ以上紅葉さんのこと怒ったら、楓さん余計気にしそうだし……。それに、僕の代わりに楓さんがいっぱい怒ってくれたから、もういいや)

織也は楓の袖《そで》を引っ張って立たせ、モミジを指さして尋ねた。

「あのモミジ、もう何年も紅《あか》く色づいてないって聞いたんですけど、本当ですか？　それってやっぱり、神様の力が弱まっているのと関係があるんでしょうか……？」

先ほど谷岡のおばあちゃんが言っていたことを聞いてみると、楓が頷く。

「ええ、その通りです。……あのモミジは、神様が社に籠られてから一度も紅く色づいておりません」

端整な顔を強ばらせ、眇めた瞳に苦悩を浮かべてそう告げる楓の隣に、紅葉が並び立つ。

「……この神社の神様は、実は代替わりして、今二代目でね。オレたちの名前は、今の神様がつけて下さったんだ。境内のモミジがあまりにも見事だから、ってね」

紅蓮の髪を風になびかせた紅葉もまた、眉を曇らせ、憂いを浮かべていた。

「もう一度、この境内が真っ赤に彩られる景色を神様にお見せしたいと思って、二人であの手この手を尽くしてきたんだけれどね……」

頭を振った紅葉が、楓が、辛そうに顔を背けるのを見て、織也は胸が痛くなった。

自分たちの名前の由来ともなったモミジが、何年も色づかないまま枯れ落ちていくのを、狛犬たちはどんな思いで見つめてきたのだろう。

悪霊を退けながらも、自分たちの仕える神様の霊力が弱まっていくのを肌で感じる日々は、どれほど心細く、苦しかっただろう。

(……僕が、神様と結婚すれば……)

そう思うけれど、どうしても躊躇ってしまう。

人間でなくなってしまうのは怖いし、本当にそれでうまくいく保証もない。

でもせめて、自分にできることは協力したい――。

「……レタス、湯がいて食べると美味しいって、谷岡のおばあちゃんが教えてくれたんです」

台座に置いておいたレタスを取り上げて、織也は紅葉と楓に一玉ずつ手渡した。戸惑ったように受け取る二人に、微笑みかける。

「でも、いくらなんでも僕一人で三玉も食べきれないから……、だから、食べるの手伝ってもらえませんか？　一緒に朝ご飯にしましょう」

ちょうどご飯も炊ける時間なので、とそう言う織也に、紅葉と楓が顔を見合わせる。

「一緒にって……、織也様、俺たちの分も作って下さったんですか？」

目を瞠って聞いてきた楓に、織也は首を傾げた。

「え？　だって、お供えものからも霊力を吸収できるって言ってたから……。作りたてのあったかいご飯の方が美味しく食べてもらえると思ったんですけど……」

神様や狛犬へのお供えものは、いつも冷えたご飯と果物だ。でも、人間に近い姿をした二人ならあたたかいご飯の方がいいはずと思ったのだが、違ったのだろうか。

「昨日いただいたナスでお味噌汁《みそしる》も作ってあって……。あっ、もしかしてお二人は、実際にものを食べる訳じゃないんですか？　霊力を吸収するだけ？」

自分が先走ってしまったのだろうかと慌てかけた織也だったが、そこで双子がふっとやわらかな微笑みを浮かべる。

「……いや、食べることもできるよ。いつもオレたちの食事は供えものだけだったから、あたたかいご飯は初めてだけどね」

「お心遣い感謝します、織也様。是非、お相伴に与らせて下さい」

涼やかな瞳を細めた二人の眼差しの優しさに、織也はどうしてだか頬が熱くなってしまって、どぎまぎと視線を泳がせながら踵《きびす》を返した。

「よ、よかった。じゃあ、このレタスもすぐ料理しますね」

並んで歩き出した二人に動揺を悟られないよう、努めて明るく話しかける。

「ご飯終わったら、参拝者の方に加護を授けるコツ、教えて下さい。今日はいい天気だから、誰かお参りに来ると思うし」

「織也様……」

息を呑んだ楓が、ミミとシッポを伏せぎみにしておずおずと聞いてくる。

「いいのですか？　その、修業はお嫌なのでは……」

修業に花嫁を付けなかったのは、楓なりに配慮してのことなのだろう。飼い主に叱《しか》られるのを怖がる犬のような頼りない表情を浮かべる楓に、織也は思わず苦笑してしまった。

「神様のお手伝いをするのは嫌じゃないですよ」

ただ、と続けようとしたところで、反対側を歩く紅葉が艶美《えんび》な笑みを唇に浮かべる。

「じゃあ、夜伽の修行も……」

「それは遠慮します」

「即答かい」

間髪入れずに断ると、紅葉が愉快そうにクックッと笑いながら、シッポをゆったりくゆらせる。どうやらこちらは分かっていて織也をからかっているらしい。

織也は紅葉を警戒しつつ、懸命に説明した。

「人間は、ああいうことは好きな人とするんです。みんながみんなそうじゃないけど……、でも、少なくとも僕はやっぱり、恋人とするものだと思ってます」

恋愛らしい恋愛をしたことがない織也だが、それでも体を重ねる相手は誰でもいい訳じゃない。好きになった人とする、特別なことだと思っている。

「だから僕は、ああいうことをするなら好きな人と、大事な人としたいんです」

きっぱりそう言った織也に、紅葉が鼻白んだようにため息混じりに言う。

「織也は真面目だねえ。オレたちは狛犬なんだし、別に最後までする訳じゃないんだから、手軽に快楽を得られる便利グッズみたいに思えばいいのに。ほら、人間はよく『あだるとぐっず』とやらを使うじゃないか」

アレだと思えば、と言う紅葉に、織也は顔を真っ赤にしながらも否定した。

「そんな、思える訳ないじゃないですか。いくら狛犬だって言っても、お二人はただのモノじゃないんですから……！」

ミミもシッポも角だってあるけれど、二人には意思も個性もある。たとえこの姿が仮のものだとしても、とても無機物だなんて思えない。

織也がそう言うと、双子は揃ってまた目を丸くし――。

「……織也様」

「……織也」

じんわりと、はにかむような笑みを浮かべた。

(え……、僕、なんか変なこと言った……？　っていうか、目……、目が、チカチカする)

そっくり同じ顔、しかも揃って美しい顔が同時に微笑むと、華やかを通り越してなんだかもう眩《まぶ》しい。ドキドキと高鳴る心臓をなだめるのに必死の織也には、二人がどうして笑ったのかまで考える余裕などなかった。

(二人とも男らしい顔立ちなのに、綺麗なんだもん。間近で笑われると、心臓もたないよ)

しかも二人の眼差しは、さっきご飯に誘った時よりも更に優しく、甘さを増しているような気がする。

慈しむような、愛《いと》おしむような視線は、居心地が悪い訳ではないのに、どうしてだかむずむずと落ち着かなくて。

(なんか……、なんか二人に見られてると思うと、うまく息、吸えなくなる……)

背の高い二人に挟まれて歩いている織也は、そっと俯いてこっそり深呼吸を繰り返す。すると、紅葉が小さくため息混じりに口を開いた。

「……分かったよ。こういうことは、無理強いするようなものでもないからね。加護を授け

る手伝いだけでもしてくれたら、随分助かる」

よろしくね、とそう言う紅葉に、ようやくほっとして、織也は頷いた。

「はい、頑張ります」

お持ちします、と楓が織也の分のレタスも持ってくれる。横目でそれを見た紅葉が、楓にねだった。

「オレのも持って、楓」

「……自分で持て」

「えー」

えーじゃない、とフンと鼻を鳴らす楓にくすくす笑みを漏らしながら、織也は境内をあとにした。

サヤサヤと風に揺れる深緑のモミジが、阿吽の狛犬像に淡い影を落としていた。

◇　◇　◇

カランカラン、と鈴を鳴らした参拝者が、柏手を打ったところで、織也は翳《かざ》した榊を左右に打ち振った。

（叶えたまえ……）

キラキラと星屑のような光が榊から零れ落ち、参拝者の体がほわっと淡い光に包まれる。

白く優しい光は、参拝者が再度柏手を打ち、階段を下りきったところでふわりと宙に溶けて消えていった。

「お上手になられましたね、織也様」

隣に座った楓に感心したようにそう褒められて、織也は少し照れながらも微笑み返した。

「ありがとうございます。楓さんが丁寧に教えてくれたおかげです」

織也が社殿の外陣で神様の代行として参拝者に加護を与えるようになって、一週間ほどが過ぎた。最近ではだいぶコツを掴んできて、より強い加護を授けられるようになり、お礼参りに来てくれる参拝者も増えつつある。

「僕、本当に嬉しいんです。僕がこうして加護を授けることで、お参りに来て下さる方が少しでも幸せになってくれるなら、もっと頑張らなきゃって思います」

「……織也様」

織也の言葉を聞いた楓が、ほわっとやわらかな笑みを浮かべる。

「俺も、織也様にそう言っていただけてとても嬉しいです……」

じんわり、噛みしめるようにそう言いながらシッポを振る楓を見ているだけで胸がくすぐったくて、織也は照れ笑いを返した。

「さっきの方、ジャガイモとニンジンを奉納してくれましたから、今夜はカレーにしましょうか。楓さん辛いもの苦手だから、中辛にしておいて、ハチミツかけましょうね」

「はい、ありがとうございます。織也様の料理はいつも美味しいので楽しみです」

にこにこと頷く楓は、精悍な外見に似合わず案外お子様味覚だ。紅葉は逆に辛いものも好んで食べるので、織也はいつも調味料で味の調整がきくように料理を作っていた。

(でも、こないだケチャップライスでオムライス作ってあげたのは、二人ともすごく喜んでたっけ……)

思い出してくすくす笑いながら、織也は榊を水瓶《みずがめ》に戻した。

あったかいご飯の方がいいだろうと思って朝食を用意したあの朝、双子は思わぬ大食いっぷりを披露し、織也を呆《あき》れかえらせた。多めにと思って炊いた三合のご飯は紅葉と楓に瞬殺され、大玉レタスもおばあちゃん直伝のポン酢で綺麗さっぱり平らげられてしまったのだ。三玉もあったレタスは結局、パスタにする分などただの一枚も残らなかった。

今まで食べ物からは霊力を吸収するだけで、食べるという行為をしたことがなかった二人は、どうやら食に目覚めてしまったらしい。食事とはこんなに楽しいものなのだねえ、と紅葉は笑いながら、楓は夢中のあまり無言でもりもり食べるので、織也はあれ以来、毎回とても三人分とは思えない量の料理を作る羽目になった。

（……美味しい美味しいって食べてくれるから、嬉しいし、いいけど）

さすがに食費がかさみすぎるので、最近ではお代わりは一回までにして下さいとお願いしているが、三人で囲む食卓は賑《にぎ》やかで楽しい。

紅葉と楓はいつもちょっとしたことで口喧嘩を始めるから、織也は仲裁に回ってばかりだけれど——、とそこまで考えて、織也はふと気になって聞いてみた。

「そういえば……、ここ最近、昼間に紅葉さんを見かけませんけど、どこにいるか知ってますか、楓さん？」

最初の数日は二人で織也に加護の授け方を教えてくれていたが、ここ二、三日、紅葉は朝食を終えるとふらりとどこかに出かけてしまって、夕方まで帰ってこない。

もうすぐお昼だけど、今日はお昼ご飯どうするんだろう、と心配した織也だったが、楓は紅葉の名前を聞くなり、その精悍な横顔を強ばらせた。

「……あんな男のことを、織也様がお気になさる必要はありません」

「え……、で、でも」

頑なな表情と声にたじろいだ織也に、楓は少しバツの悪そうな顔つきで重ねて言った。

「兄はもうずっとああなのです。我ら狛犬は、この神社の敷地から出るには膨大な霊力を消耗しますから、敷地内にはいるでしょうが……。おそらく裏山辺りをうろついているのではないかと思います」

苦々しげに言う楓の声音は普段よりも数段硬く、そんな兄の行動を歓迎していないことがありありと感じ取れた。

「えっと……、でも、悪霊退治はお二人でされてるんですよね？」

「……ええ、まあ。兄はどこからか、悪霊が結界内に入り込んできたことに気づいて駆けつけるので。……でも、それは神社を守護する狛犬としての最低限の勤めです」

ため息をついて、楓が続ける。

「神様が社殿に籠られているのですから、本来であれば我ら狛犬が神様の代行を務めるのが道理なのです。ですが、兄は織也様がいらっしゃる前から、こうして参拝者に加護を与える大切な勤めを放り出して遊び歩いてばかりで……」

よほど腹に据えかねているのだろう。楓のこめかみがぐっと引きつる。

「我ら狛犬が参拝者に与えられる加護は、神様に比べ、ごく僅《わず》かな光しかありません。だからこそ二人力を合わせなければならぬと、何度も説得したのですが、……あの通り、柳に風な兄ですから」

「……まあ、紅葉さんはそういうところもありますよね」

まだ数日間ではあるが、二人と一緒にいて、織也は双子の性格の正反対さを実感していた。楓は真面目で実直だが、紅葉はどこか浮き世離れしていて、摑み所がない。

（でも、なにも考えてない訳でもなさそうなんだけどな……）

少なくとも、織也に花嫁になってほしいと頼んできた時の紅葉は、真剣に神様のことを案じているように見えた。

紅葉だって楓と同じくらい、神様のことを大事に考えているのではないか、とそう思いながら相槌を打った織也に、楓はハッと気づいたように慌てて謝ってくる。

「あ……、も、申し訳ありません、このような愚痴を零して……」

「あ、いえ。僕もお二人のこと、もっといろいろ知りたいですから。お二人は、この神社ができた時からずっと、ここにいるんですか？」

そう聞いた織也に、楓がええ、と頷き、視線を遠くにやる。

ミミを少し伏せたその涼やかな眼差しは、透かし彫りの扉の向こう、夏の影の濃い境内に向けられていた。

「……昔は、兄も違ったのです」

ぽつり、と呟いて、楓が視線を落とす。

「先日、兄が話したことを覚えておいでですか、織也様？　我らの名前を付けて下さったのは、今の神様だと」

「……はい。二代目の神様、なんですよね？」

「ええ。……実は初代の神は、この地を荒らす悪霊だったのです」

「悪霊……？　悪い霊も、神様になれるんですか？」

驚いて聞いた織也に、楓が頷く。

「鎮魂の意味を込めて、神として奉じられることもあります。荒魂から和魂へと転じるようにと。けれど、社に祀られた初代の神は――、決して鎮まる事はなかった」

俯いた楓の眉間の皺が深くなる。

「初代の神、道成《どうせい》は、現世に強い怨念《おんねん》を持つ陰陽師《おんみょうじ》の霊でした。……俺のこの角は、実はその道成に折られたものなのです」

「な……っ、なんで……？　だって、楓さんは神社を守る大切な狛犬なのに……」

思いがけないことを聞かされて、織也は目を瞠ってしまう。

織也の言葉に少し表情を和らげて、楓が頷いた。

「ありがとうございます、織也様。ですが、道成はそうは考えなかったのです。道成は、自分はこの神社に封じ込められたのだ、と一層恨みを募らせました。そして、我ら狛犬を式神として使役し、自分の自由を奪ったこの地の人々に災厄をもたらそうとしたのです」

荒ぶる神を思い出しているのだろう、楓がそっと目を閉じる。その拳《こぶし》は、激情を抑え込もうとするかのようにきつく握られていた。

「あの頃、俺たちはまだ造られたばかりで、力の弱い、幼い狛犬でした。それでも狛犬として、この神社とこの土地を守るという使命を捨てることはできなかった。……俺のこの角は、人間に害を及ぼすのは嫌だと抗ったために、折られたのです」

ぐっと肩を強ばらせて告げた楓に、織也は躊躇いながらも膝立ちで近づいた。折られてしまったという角に、おずおずと手を伸ばす。

そっと指先で角を撫でると、楓が狼狽えたような声を上げた。

「お……、織也様、なにを……？」

「……痛かった、ですか？」

織也様、と呟いた楓が、戸惑いながらも頷く。

「は、はい、とても」

「……僕がその時生きてたら、そんな悪霊のご神体、すぐに燃やしてやったのに」

まだ幼かった紅葉と楓が、そんなひどい目に遭わされていたなんて、考えるだけで怒りが込み上げてくる。唇を噛む織也に、楓が目を細めて言う。

「そんなことをしたら、織也様が祟《たた》られてしまいます」

「それでも……っ、それでも許せません！　その悪霊のご神体はもう、うちの神社にはないんですか？」

息巻く織也だったが、楓は微笑を浮かべて頭を振る。

「ありません。……兄が、二代目の神、六合様に頼んで封じてくれましたから」

「紅葉さんが……？」

聞き返した織也に、楓が頷く。

「……兄は、事あるごとに俺を庇《かば》ってくれていました。荒ぶる神に立ち向かい、狛犬である我らがこの地を脅かすことはできないと頑として譲らず、いつも俺を背に庇ってくれていた。……六合様が現れたのは、そんな折りでした」

言葉を区切って、楓は顔を上げ、壁で隔てられた内陣へと視線を向けた。そこには、この神社に祀られた神──、彼らに名前を与えた二代目の神のご神体が、安置されている。

「二代目の神様、六合様は、元は巡り神でいらっしゃいました。けれど、道成の所行に憤激し、我らを心配してこの地に留《とど》まって下さっていた。……俺の角が折られた夜、兄は道成のご神体を持ち出し、六合様に頼んだのです。どうか道成を封じ、この地を守護する神になってほしい、と。六合様は兄の願いを聞き届け、我らに名前を与えて下さいました」

目を細めた楓は、誇らしげな表情を浮かべていた。

（……だから、紅葉さんも楓さんも、神様を救おうと必死なんだ）

二人が今の神様を慕っているのは、自分たちやこの地を救ってくれた神様だからなのだ。

「……立派な神様なんですね、六合様は」

思わずそう言った織也に、楓がはい、と嬉しそうに微笑む。

「立派なだけでなく、とても優しくて、穏やかな方なのです。ですから、大恩ある六合様のためにも、今は我らが神様のお勤めを代行すべき、と思っているのですが……」

話を元に戻して、楓がため息をつく。

「……兄は、俺に愛想をつかしているのかもしれません。角を折られた俺は、狛犬としては半人前程度の霊力しか保てません。今までも、俺は兄の助けがあったからこそ、どうにか狛犬としての勤めを果たせてきました。兄が俺のことをもう見限ったとしても、不思議はない」

「そんな……、そんなことありません！」

目を伏せた楓に、織也は思わず詰め寄っていた。

織也様、と楓が驚いたように目を見開く。

「紅葉さんは、楓さんのためにご神体を持ち出したんでしょう？　それって、たとえ自分が祟りに遭ったとしても、楓さんを助けたかったからなんじゃないですか？」

神様に仕える狛犬にとって、ご神体を持ち出して封じるなんて、主を裏切る行為そのものだ。もちろん、この地に災厄をもたらす悪神を何とかしてとめたいという思いもあっただろうが、楓のことを守りたいという兄としての強い思いがあったことは想像に難くない。

「今お勤めをサボっているのだって、きっとなにか事情があるんだと思います。愛想をつかすなんて、そんなこと絶対ありません……！」

こんなこと、まだ彼らと知り合ったばかりの自分が言っても、説得力はないかもしれない。

でも、織也にはどうしても、紅葉が楓を見限って離れようとしているとは思えないのだ。

(だって、最初に神社の境内で傷ついて倒れてた時、この二人はお互いを気遣い合ってた)

自分が瀕死の重傷を負ってもなお、双子の片割れを心配している姿を見て、織也は彼らを絶対に助けたいと強く思ったのだ。

「……ありがとうございます、織也様。そうですね、俺も少し、悲観的になっていました。詮《せん》ない愚痴をお聞かせし、申し訳ありません」

頭を下げて謝る楓に、織也は首を横に振った。

「僕こそ、辛いこと思い出させてごめんなさい」

折れた角を見つめてそう言うと、楓が少し寂しげに笑って言う。

「……織也様にはお話ししたいと、そう思ったのです。俺のこの角や、六合様のことを知ってほしいと……」

そう言いかけて、楓がハッとなにかに気づいたように慌てて付け加える。

「だ……、だからと言って、織也様に六合様の花嫁となることを強要するとか、そういう意図ではなくって……っ」

おろおろとミミを伏せて慌てる楓に、織也は思わず笑ってしまった。

「大丈夫ですよ、楓さん。僕も、この神社の神様がいい方でよかったと思ってますから」

「……っ、そうですか……！　そうなのです、とてもいい方なのです……！」

織也の言葉を聞いた途端、楓が嬉しそうにシッポをぶんぶんと振り回す。まるっきり犬のような仕草が微笑ましくて、織也はくすくす笑みがとまらなくなってしまった。

（律儀な人だよね、楓さん）

この神社ができたのは江戸時代中期だと聞いているから、狛犬の彼らもその頃からずっと生きていることになる。だというのに楓は、神様の霊力を持っている織也は神様と等しい存在だと言って、織也のことを決して呼び捨てにはしないし、敬語を崩そうともしない。

最初は、自分よりずっと大きな男の人に様付けで呼ばれるのに違和感を感じていた織也だったが、最近ではそれにも慣れてしまった。控えめな態度ではあるが、楓は織也がどこに行くにもついてきてくれるので、まるで護衛されているみたいだ。

（実際、護衛してるつもりなのかも。紅葉さんがちょっとでもからかってくると、すぐ諫《いさ》めてくれようとするし）

でも兄弟喧嘩はもうちょっと控えめにしてほしいな、と楓を見上げたところで、織也は気がついた。

「あれ……、楓さん、なんだか顔色が悪くないですか？」

「……いえ、そんなことはありません」

そう言う楓だが、やはり少し顔が青ざめているように思える。

（熱中症？　でも、顔青いし……）

外陣の中に冷房設備はないが、木々に囲まれた社殿はちょうど木陰になっていて風もよく通る。少し汗ばむくらいで、そこまでひどい暑さではないと織也は思っていたが、楓には暑かったのだろうか。

織也は楓ににじり寄って、楓の額、角の下辺りに手を当てた。

「っ、織也様」

「わ、冷たい……！　風邪ですか？　でも熱がある訳じゃないみたいだし……」

寒くないですか、と眉を寄せて聞いた織也に、楓は苦悩するように眉を寄せた。

「……大丈夫です。申し訳ありませんが、お手を離していただけますか……？」

「え……、あ、ご、ごめんなさい……」

嫌だったのだろうかとしゅんとしながら手を離して謝ると、楓がますます眉間の皺を深くする。

「織也様が謝られることではないのです……！　俺が、……俺が、悪いのですから」

「楓さんが……？　どういうことですか？」

楓の言いように引っかかりを覚えて聞くが、楓は俯いて黙り込んでしまう。織也は遠慮しながらも楓のそばに近づいて、その顔を覗き込んだ。

「あの、楓さん……？」

ぎゅっと硬く握られた楓の手にそっと触れた途端、びく、と目の前の広い肩が震える。嫌がっているというよりは、なにかを恐れるような反応に、織也は心配になって首を傾げた。

「楓さん、なにか、僕にできることはないですか？」

真面目で我慢強い楓のことだ。もしかして、よほど体調が悪いのを隠しているのでは、とそう思った織也だったが、楓は俯いたまま頭を振る。

「……そのようなこと、おっしゃってはなりません」

「楓さん……。体調が悪い時くらい、頼って下さい。……母屋で休みましょう。ね？」

織也がそっとそう言うと、楓はぐっと肩を強ばらせ――、ようやく顔色の悪い理由を、吐露した。

「休んでも、元に戻るものでもないのです。……俺のこれは、霊力が枯渇しているせいですから」

「え……」

目を見開いて固まった織也から視線を逸らし、楓がそっとミミを伏せる。

「ですから、あまり俺に近づかないで下さい。織也様が近くにいらっしゃると、その、……我慢が、できなくなります」

「が、我慢って……」

「……織也様に、不埒な真似を働きそうだということです」

眉間を深く寄せてそう言う楓に、織也は一瞬呆気に取られ——、赤面してしまった。

(不埒な真似って……、こ、こないだみたいなこと、だよね)

「す……、すみません……」

そうとは気づかずに、ともごもご言いながら、織也は楓と少し距離を取った。いえ、と呟いた楓が、熱いため息を一つつく。

ちら、と見上げた楓は少し苦しそうな、悩ましげな表情をしていて、織也はカァッと耳まで熱くなってしまった。

(か、楓さんはただ、霊力が枯渇してるから、僕の精気がほしくなっちゃうだけだ。別に僕自身に欲情してる訳じゃ……)

自分を落ち着かせようとそこまで考えかけたところで、欲情って、とまた真っ赤になってしまう。

(ちが……っ、だからっ、そういう意味じゃなくって！)

なんて恥ずかしいことを考えているのかと内心で自分を諫めて、織也は先ほど参拝者に翳した榊をもう一度手に取った。

「あ……、あの、楓さん。じゃあこれで、僕の精気を分けて……」

せめて榊を打ち振って精気を分け与えようとした織也だったが、楓は頭を振る。

「……お気持ちだけ、いただいておきます。我ら狛犬は、人よりも神に近い存在ですから、やはり榊だけでは織也様の精気をいただくことはできないのです」

「そう、なんですか……」

自分の無力さを悟ってしゅんと俯いた織也に、楓が謝ってくる。

「申し訳ありません。織也様にご飯を作っていただくようになって、以前より供給される霊力は増えたはずなのですが……、六合様のお力が、一層弱まっているようなのです……」

「そんな……」

目を瞠った織也は、ぺたんとミミを伏せた楓の悔しそうな表情にずきりと胸が痛んだ。

心から神様を尊敬し、慕っている楓にとって、その事実を認めるのがどれだけ辛いことかくらい、織也にも分かる。

自分の無力さを感じているのは、楓も同じなのだ。

そう思ったら、いてもたってもいられなくて。

「楓さん……」

織也は思わず、膝立ちになって、うなだれる楓の頭を抱きしめていた。

楓の額の角が、織也の頬に当たる。

「織也様……!? い、いけません、離れて下さい！」

「……嫌です」

「……織也様……」

ますますぎゅっと楓を抱きしめる織也に、楓が呻く。

体格がまるで違う織也など、楓なら簡単に突き飛ばせるだろう。けれど織也には、楓はそんなことはしないという確信があった。

楓は、織也を傷つけるようなことは、なにがあっても絶対にしない。

織也が嫌がるだろうからと、こんなに青ざめた顔になるまで霊力の枯渇を隠し、我慢してしまうのが、楓なのだから。

「こ……、こないだみたいなことしたら、楓さん、ちょっとは楽になりますか」

意を決してそう聞いた織也に、楓が驚いたように一瞬目を瞠り、ぐっと眉を寄せる。

「……いけません、織也様。織也様は、肌を重ねるなら好きな方としたいと、仰っていたではありませんか」

「それは、そうですけど……っ、でも、楓さんが辛そうなの、見てられないです……！」

狛犬は神様の霊力で生きていると、二人は言っていた。

神様からの霊力がなくなったら、消滅してしまうと。

（……そんなの、嫌だ）

だったら、と織也は顔を上げて、楓を見つめた。

「よ……、夜伽の修行、して下さい」

「織也、様……、しかし」

「花嫁修業って言い出したのは、楓さんたちじゃないですか。だったら夜伽の手ほどき、して下さい……！」

楓を説得するためとはいえ、自分から誘うような台詞《せりふ》を言うのは恥ずかしくて、ぎゅっと目を閉じて一気に告げる。

ややあって、はあ、と楓がため息をつく気配がした。

「……分かりました。……では、少しだけ」

顔を上げた楓が、するりと織也の背中を撫で上げてくる。

「う……」

それだけで、ぞくっと肌が甘く粟立《あわだ》って、織也は緊張に肩を強ばらせた。

「……力を抜いて下さい、織也様。どうぞ、楽に」

「は、はい」

どうにか頷くけれど、そう簡単に力など抜けないし、楽になどできない。

この間は突然だったし、二人も強引だったから抵抗するのに必死だったけれど、今回は織也自身がいいと言っての行為だ。

（ど……っ、どうしたらいいんだろう。このままの格好でいるの、もしかして変……!?）

けれど、そう思っても、緊張でもう指一本動かせそうにない。

座っている楓に膝立ちで抱きついた体勢のまま、一人パニックに陥っている織也に、楓が優しく低い声で囁きかけてきた。

「織也様……、深呼吸しましょうか。ゆっくり、……ええ、そうです」

ぽん、ぽん、と背中をあやすようにそっと叩いて、リズムを作ってくれる。そのリズムに合わせて深呼吸する内に、織也の体から自然と余計な力が抜けていった。

「は……、ん……」

織也の首筋を優しく啄《ついば》んでいた楓が、そっとポロシャツの内側に手を差し込んでくる。わき腹を撫でられるとくすぐったいのに、それだけではないむず痒いような感覚が湧《わ》き上がってきて、織也はぎゅうっと楓の首筋にしがみついた。

「な、なんか……、それ、変、です」

「変ではありません。織也様はどこもかしこも敏感で、お可愛らしいです」

「や……」

小さく肩を震わせながら頭を振る織也のわき腹をなぞり、楓の大きな手が上がってくる。長い指先が胸の先を掠めて、織也は思わず息をつめてしまった。

「ん……っ、そ、こ……っ」

「……ここが、悦《よ》いのですか？」

そんなこと聞かないでほしい。

ふるふると頭を振る織也に、楓がなだめるように言う。

「織也様、恥ずかしいことなどありません。よい精気を出していただくには、織也様が感じて下さるのが一番なのです。ですから、悦いところは悦いと、教えて下さい」

熱い吐息を織也の耳元で弾けさせて、楓が織也の乳首を捕らえる。すぐにツンと尖ってきた小さな粒を両方の手で同時に可愛がられて、織也は顔を楓の肩に埋めて声を押し殺した。

「ん、んん……、ん……っ」

「……悦い、ですか？」

再度問われて、織也は耳まで真っ赤になりながらかすかに頷いた。

「じ……、じんじん、します。なんか、痒い、みたいな……」

楓の指先で転がされる度、そこから腰の奥の方までじわんと甘い痺れが走る。瞳を潤ませて訴えた織也に、楓がこく、と喉を鳴らす。

「……本当はこの間、俺も織也様のここを舐めて差し上げたかった。あの時、赤く尖ったことを舐めている兄のことが羨《うらや》ましくて仕方なかった」

少し掠れた低い声が、耳元で囁いてくる。

「……俺も舐めて、いいですか」

「あ……、う……」

艶めいた吐息に、背筋がぞくぞくする。織也は小さく頭を振って震える声を発した。

「で……、でも、僕、汗……」

今更ながらに気になってそう訴えると、楓が織也の脇に手を差し込んで身を起こさせ、じっと正面から視線を合わせてくる。

「織也様の体液は、我ら狛犬にとってはご馳走です。たとえ汗であっても、精気を含んでいますから。ですから、どうか……」

一重の涼やかな瞳が、懇願するようにこちらをじっと見据えてきている。その熱の籠った、強い視線に織也が呑まれながらも小さく頷くと、楓は嬉しそうに破顔した。

「……ありがとうございます」

するりと、織也のポロシャツの裾が上まで捲り上げられる。真っ白な肌に、楓は感嘆したようにため息をつき、織也様、と呟いて唇を寄せてきた。

「あ……、ん、んん……、ひぅっ、あ、あ」

露わになった胸元に、楓が何度もくちづけてくる。ぺろ、となめらかな舌で尖ったそこを舐め上げた楓は、続いてちゅうっと吸いついてきた。

「あ……、んん、ん……っ」

楓の唇が離れた途端、じぃん、と甘い痺れがそこから下腹まで広がっていく。

まだやわらかく埋没していた部分まで吸い出され、尖らせた舌先でくりくりと弄られて、織也は揺れてしまいそうになる腰を堪えようとぎゅっと楓の頭に抱きついた。

「織也様、こちらも……」

濡れた乳首を親指の腹でくにくにと苛めながら、楓がもう片方の乳首に唇を寄せる。

薄い唇でやわらかく挟まれ、軽く引っ張られながらちろちろと舌を掠められて、織也は鼻にかかるような喘ぎが漏れるのを必死に抑えようと唇を引き結んだ。

「んぅ……っ、ん、ん……っ、ふ、あ……っ」

けれど、どうしても抑えきれない声が漏れ出してしまう。

（やだ……、なんでそんな、……そんなとこで、こんな女の子みたいな声……）

これは楓に霊力を供給するための行為なんだからと、そう自分に言い聞かせようとするのに、こりこりになった乳首を舌で舐め転がされる度に、じんじんと体の疼きが大きくなっていってしまう。

耐えきれず腰を揺らした途端、もうすっかり形を変えてしまった足の間のものが、下着にぬるりと擦れて、織也は真っ赤になってしまった。

「んん……、う、う……」

楓に気づかれないようにこっそり腰を逃がし気味に浮かせて、一層強く楓の頭にしがみつく。胸元に当たる楓の角がひんやりと感じられるほど、自分の肌が火照ってしまっているのが恥ずかしい。

どうしてこんなに、と織也が瞳をじわっと潤ませて頭を打ち震わせたその時、楓がぐりっと、織也の乳首を指の腹で押し潰してきた。

「ひ、あう……っ！」

その瞬間、腰の奥まで駆け抜けた疼痛に、織也はカクンと腰を揺らしてしまう。

織也の反応に気づいた楓が、胸元から顔を上げ、両の手で織也の胸を包んできた。

「これが悦いのですか、織也様……？」

「あっ、やめ……っ、んんん！」

慌てて制止しようとした織也だったが、それより早く、楓は親指の腹で左右の乳首をぐりっと押し込んできた。そのままぐりぐりと凝《こご》った芯を押し潰すように刺激されて、織也は目も眩《くら》むような快楽に蕩《とろ》けきった声を上げてしまう。

「あ……！　ああ、や……っ、やら、あ、見ちゃ、や……！」

間近からじっと顔を見つめられているのが恥ずかしくて、織也は必死に頭を振る。

けれど、楓は。

「言ったはずです。悦いところは悦いと、素直に教えて下さいと……」

ますます熱っぽく織也を見つめながら、織也の下肢にまで手を伸ばしてくる。

服の上から、すっかり硬く、熱くなったそこをさすられて、織也はあまりの恥ずかしさに泣き出しそうだった。

「う、う……っ」

「織也様のここから、甘い、……甘い精気の匂いが、します」

「や……、そんな……、嗅《か》いじゃ、や……」

「……申し訳ありません。意識せずとも、香ってきてしまうのです。狛犬の嗅覚は、人間よりもずっと優れていますから」

楓が長い指先を巧みに操り、織也のそこをくすぐってくる。すでにぬめっている先端を優しく、けれど執拗に苛《いじ》めながら、楓は困ったように告げてきた。

「ですから、織也様が先ほどからその、……濡れていらっしゃる匂いも、していました」

「い……、いや、や……」

バレバレだったと教えられて、織也は耳の先まで真っ赤になって涙ぐんでしまう。

気づいた楓が、慌てたように早口で言いつのる。

「だ、大丈夫です。とても……、とても、いい匂いですから。その、……そう」

ごく、と喉を鳴らした楓が、一度言葉を区切って、じっと織也を見つめながら言う。

「……とても、美味しそうで」

「……っ」

息を呑んで、もう言葉もなくぎゅっと目を瞑った織也に、楓が熱っぽい声で囁いてくる。

「織也様……、こちらも、舐めてもいいですか？」

「や……」

ふるふる、と頭を振る織也だが、楓の視線と言葉にますます熱くなったそこは、もう布越しの刺激だけでは満足できなくなってしまっている。

ソフトすぎて焦れったい楓の指に、織也は思わずうずうずと腰を揺らしてしまっていた。

自ら楓の手にそこを擦りつけるような動きに、楓が掠れた声で囁いてくる。

「織也様……、お嫌なのに、そんなにねだられては……、……理性が、持ちません」

「や、ちが……っ、腰、勝手に、動いちゃ……っ」

自分でもこんなの恥ずかしいのに、すっかり熱くなった体がより強い刺激を求めてしまうのがとめられない。

(なんでこんな……、こんなに熱くなったこと、今までないのに……)

それなのに、一度他人の手でもたらされる快楽を知ってしまった体が、簡単に蕩けてしまう。大きなこの手がもたらすものを、期待してしまう。

「うー……」

淫らな自分の反応が恥ずかしくて、隠れられるものなら今すぐ隠れてしまいたくて、織也は楓の肩に額を擦りつけて唸った。楓がそっと、気遣わしげに聞いてくる。

「織也様……？　本当にお嫌でしたら、もうここまでで……」

優しい申し出に、けれど織也は顔を上げ、ふるふると頭を振った。

「ま……、まだ、ちゃんと、楓さんに霊力、供給できてません……」

「織也様……」

本当は今すぐにでも逃げ出してしまいたいくらい恥ずかしいけれど、でもこれは楓に精気を分け与えるための行為だ。ここで逃げ出す訳にはいかない。

「つ、続き、して下さい……。……舐めても、いいです、から」

ぎゅっと目を瞑って恥ずかしいのを堪え、震える声でどうにかそう告げた織也に、楓が大きく息を呑む気配がして——。

「織也様……！」

「え……っ、ん、んんっ!?」

気がつくと織也は、楓に下から押し上げられるようにして、唇を奪われていた。

唐突に重なってきたそれに、織也はなにが起こったのか分からず、目を瞠ったまま、されるがままになってしまう。

（なに……、なに、これ……）

薄い唇で何度も織也の唇を啄んで、楓はするっと舌を忍ばせてきた。

ぬる、と擦れ合った舌に、織也が反射的にびくっと肩を震わせると、まるで逃がしたくないと言うかのようにぎゅっと体を抱きしめてくる。

「ん……、お、りや、様」

囁いた楓が、織也の舌を、歯を舐めては、熱いため息をつく。

こつん、と楓の折れた角が織也のこめかみに当たって、ようやく織也は気づいた。

（僕……、僕、楓さんに、キスされてる……!?）

ぬめる舌が、まるで蜜を余さず味わうように織也の口腔を熱心に舐めてくる。やわらかな粘膜を自分以外の舌に触れられる初めての感覚に、織也は自分の背筋がとろんと甘く蕩けてなくなってしまうような気がした。

「ん、んや……」

思わず身じろぎすると、楓がハッとしたようにくちづけを解く。濡れた唇もそのままに、楓は呆然と謝ってきた。

「も……、申し訳、ありません……」

「ん……、は、はい……」

はあ、と小さく息を荒げながら、織也は真っ赤な顔で俯く。

ドッドッと、心臓がひっくり返ったみたいに早鐘を打っていた。

（び……、びっくりした……。僕、楓さんとキスしちゃった……）

「織也様、申し訳ありませんでした。どうしても我慢できず、思わず……」

ミミを伏せた楓に再度謝られて、織也は思わず頭を振っていた。

「だっ、大丈夫、です。驚いたけど、楓さんだから、その……、嫌じゃ、なかったし」

「……織也様」

（……うん、嫌じゃなかった）

男にキスされて嫌じゃないなんて、変かもしれない。

でも、楓は真面目でいい人だし、織也にとっては命の恩人で、神社を守ってくれている狛犬という、特別な存在だ。そもそも、まったく触れられたくない相手なら、いくら精気を分けるためとはいえ、肌に触れられたり胸を舐められたりしてもいいなんて思えない。

（それに、僕にとってはキスでも、楓さんにとってはちょっと違うんだろうし……）

見上げた先、楓の頬がもう青ざめていないことに気づいて、織也はほっと安堵の笑みを浮かべた。

「よかった……。ちょっと、顔色よくなってきましたね。体液に精気が含まれてるのって、本当なんだ」

「……え？」

「よっぽどおなかすいてたんですね、楓さん。そんなに我慢する前に、もっと早く言ってくれたらよかったのに」

霊力の餓えに堪えきれず、思わず自分にキスして唾液から精気を得ようとするなんて、きっと相当我慢していたに違いない。

そう思った織也だったが、楓はなんだか呆然と目を見開いて呟く。

「……そうでは、ないのです。俺は……、俺が我慢できなかったのは……」

「楓さん？」

よく聞こえなくて織也が聞き返すと、楓はなんだかものすごく硬くて苦いものを無理矢理呑み込むような表情を浮かべて、とん、と織也の肩を押してきた。

「え……っ、あ……」

ころんとその場に仰向けに転がされた織也は、履いていたハーフパンツのボタンに手をかけられて、反射的にびくっと震えてしまう。

「あ、ま……、待……っ」

「待てません。先ほど織也様は、舐めてもいいと許可して下さいました」

「……っ」

ボタンを外した楓が、続いてフロントのチャックを下げ、下着ごとずるりとハーフパンツを脱がせてしまう。飛び出した性器がもう昂《たかぶ》って濡れてしまっているのが恥ずかしくて、織也はカアッと頬に朱を上らせた。

「み……、見ないで、楓さ……」

「嫌です」

唸るような低い声でにべもなく断られて、織也は目を瞠る。

（どうして……）

なんだか今の楓は、まるで怒っているみたいな顔をしている。眇められた瞳は強く、鋭い光を放っていて、少し怖いのに、どうしてかその目で見つめられると、鼓動がどんどん速くなって、呼吸がうまくできなくなって——。

「こんなにたくさん下着に吸わせて……。全部俺に下されればいいのに、勿体《もったい》ない」

ぐいっと織也の両膝を押し開いた楓が、露わになったそこに顔を近づけてくる。

「や……っ、楓、さ……っ、うぁ……っ」

ふう、と冷たい息を吹きかけられた先端が、ぴくんと揺れてしまう。ぷく、と切れ込みに盛り上がった透明な雫に目を細めて、楓がまた、ふう、と息を吹きかけてきた。

「ん……っ」

濡れているせいで、余計に冷たく感じてしまう。溢れた蜜が、とろ、とゆっくり幹を滴り落ちていって、織也はその掻痒感《そうようかん》に息を詰めた。

「……織也様」

こく、と喉を鳴らした楓が、大きく突き出した舌を近づけてくる。

「あ……、う、うそ……」

緊張のあまり抗う事もできず、織也はぎゅっと拳を握りしめたまま目を見開き——、

「っ、ひ、あ、んんー……っ!」

その瞬間、ぬるっとそこを襲った感触にあえかな悲鳴を上げた。

(な、め……、舐めて、る……)

自分がそうしていいと言いはしたが、それでも目の前の光景は衝撃的だった。

滴り落ちた雫をすくった楓の舌が、道筋を逆に辿《たど》るようにねっとりと幹を舐め上げていく。張りつめた熱い花茎をなめらかな舌にゆっくりなぞられると、どうしようもなく背筋がぞくぞくと痺れて、織也は思わず握った手の甲を自分の口元に強く押しつけていた。

「んんう……っ、あ、う、うー……！」

先端まで辿り着いた舌が、新たな蜜を滲ませる割れ目をぬるりとなぞる。

ねとねとと蜜を塗り広げるように蠢く舌が、自身の先走りで濡れ光っているのが恥ずかしくて、織也はぎゅっと目を瞑った。

けれど、にちゅ、ぬち、と聞こえてくるかすかな淫音までは遮断できない。

「や……っ、んんっ、あ……っ、は、う、あ、んんん……！」

ちゅぷん、と先端がやわらかな唇に覆われる。

急速に込み上げてくる熱を堪えようと手の甲を噛んだ織也だったが、そのまま管の奥に溜まった蜜をちゅるっと吸い上げられて――。

「んんんんーっ！」

びく、びくっと腰を震わせて、織也は堪えきれず達してしまっていた。ぴゅくっと飛び出した精液を、楓がすかさず飲み下す。

「ん、……は、織也様、どうぞ、もっと……」

「は、あ……、ん、んん……」

唇を離した楓が、じゅわりと溢れた白蜜に目を細め、ちゅうっと啜り上げて残滓《ざんし》を奪い取っていく。促すように指先で幹を何度もくすぐられ、根元の膨らみをやわらかく揉まれて、織也は絶頂に押し上げられたまま、幾度も楓の口に白濁を零した。

「や……、も、も、無理……」

荒く胸を喘がせながらそう訴えた織也だったが、楓はそこがくったりと力を失ってもなお、顔を上げようとしない。ぺろぺろとくまなく舌で舐め清め、きゅうっと軽く吸ってからようやく身を起こす。

は、は、と息を整えながら、織也は楓を見上げて聞いた。

「楓さ……、も、霊力、ちゃんと受け取れました、か……？」

「……はい、おかげさまで」

頷く楓は、顔色もすっかりよくなっている。よかった、恥ずかしいのを我慢したかいがあったと胸を撫でおろした織也に、楓は身を屈《かが》めて囁きかけてきた。

「……また腹が減ったら、織也様の精気をいただいてもいいですか？」

「え……、で、でも」

こんなこと何度もするなんて、と戸惑う織也だが、ミミを伏せた楓に真っ黒な瞳でじっと見つめられて、強く拒むことができなくなる。

「では、くちづけだけ。織也様がここにいらっしゃる間だけでいいのです。……それ以上は、望みませんから」

どこか思いつめたようなその眼差しは、まるで雨の日に捨てられた仔犬《こいぬ》のようだった。

ただ抱き上げて、撫でてほしい。それ以上は望まない——。

けれど、本当は一緒に連れて帰ってほしいし、愛してほしいのだ。

でも、それは望んではならない。

そう最初から諦めているような眼差しを、織也は打ち捨てることができなかった。

「わ……、分かり、ました」

こく、と真っ赤な顔で小さく頷き、そのまま俯いた織也は、だから気づけなかったのだ。

ありがとうございますと囁いた楓が、嬉しそうに、けれどどこか辛そうに微笑んでいたことに——。


翌日、朝食を済ませた織也《おりや》は、榊《さかき》を採るため、神社の裏手にある山へと向かった。人がぎりぎりすれ違える程度の幅ではあるが、途中まで林道も作られており、神社で使う榊もその林道から少し奥に入ったところに自生している。

(昔迷子になった時は、雪でこの林道が分からなくなっちゃったんだよな、確か……)

狛犬《こまいぬ》たちに連れられて帰ってきたのはここら辺だったっけ、と思い出して、織也は小さくため息をついた。

今日は榊を採りに行くと言った織也に、楓《かえで》はお供しますと言ってくれた。けれど、少し気張らしに一人で散歩もしたいからと断ってしまったのだ。

そうですか、としゅんとしていた楓を思い出すと、罪悪感が込み上げてくる。

（でも、昨日の今日で楓さんと二人きりとか、絶対挙動不審になっちゃうし……）

不在の間、外陣でのお勤めができないことは気になるが、榊がほとんどなくなってしまっていたのもまた事実だ。必要なことだから、と自分に言い聞かせて、織也は林道を進んだ。

織也が楓を避けてしまうのは、なにも昨日されたことが恥ずかしいからだけではない。

（……それ以上は望まないって、あれ、どういう意味だったのかな……）

昨日はあんなことをされた恥ずかしさに頭がいっぱいで、そこまで考えが回らなかったけれど、よく考えたら楓のあの言葉は、『それ以上の望み』があるからこそ出てきた言葉だ。

――織也様がここにいらっしゃる間だけでいいのです。

低い囁《ささや》きが甦《よみがえ》って、織也は視線を落とす。

狛犬たちの望みは、織也が神様の花嫁になることだ。

楓は織也に気を遣わせないようにと神様に関する話題を避けているようだが、やはり織也には神様の花嫁になってずっとこの地にいてほしいと思っているのだろう。

（楓さんたちは、僕がいなくなったらどうなるんだろう……）

神様の力は日に日に弱まっていると、楓はそう言っていた。

もしもこのまま本当に神様が消滅してしまったら、二人も――。

そう思いかけて、織也は強く頭を振った。

（……きっとなにか、他にいい方法がある）

今度祖父の見舞いに行った時に、神様について聞いてみようと思ったところで、榊が自生している一角に辿《たど》り着く。

持ってきた鋏《はさみ》でパチンパチンと枝を切って、織也は使う分だけ榊を切り出した。

「これくらいでいいかな……」

バケツに入れようとしたところで、あらかじめ水を張ってくるのを忘れたことに気づく。そのまま戻ろうかとも思ったが、榊は毎日のお供えの他、参拝者に加護を授ける時にも使う、神聖なものだ。少しでも瑞々《みずみず》しい方がいいだろう。

（確か、近くに小川があったはず……）

そう思い出して、織也は切り出した榊をバケツに入れると、雑草の生い茂る森の中を歩き出した。

（そういえば、紅葉《くれは》さんは今日もこの山にいるのかな）

朝食をとった後、今日も楓は後片づけを手伝ってくれたけれど、紅葉はその間に姿を消していた。

（……紅葉さんは、霊力、供給しなくて大丈夫なのかな）

昨日夕食の時、それとなく紅葉に体調を崩してはいないか聞いてみたが、紅葉は大丈夫だと笑うだけだった。その顔色は悪くなさそうに見えたけれど、紅葉だって、神様からもたらされる霊力は少なくなっているはずだ。

（紅葉さんも僕が嫌がるだろうと思って我慢してるとか……、ないか）

想像して、織也は首を傾《かし》げる。

あの紅葉なら、霊力の枯渇を理由に、同情に訴えて夜伽《よとぎ》の修行を迫る、くらいのことはとっくにしていそうだ。けれど、神様の花嫁にするのは諦《あきら》めないと言う割に、紅葉は織也にさほど真剣に迫ってはこない。

（料理してると、時々セクハラみたいにぺろんてお尻触られたりするけど……、でもあれも、からかってるだけみたいだし……）

どうも紅葉の真意が分からない。楓はあんなに分かりやすいのに、と考えたところで、織也の耳にサラサラと小川の流れる音が聞こえてくる。

もうすぐだ、と木々の間を縫って、開けた場所に出たところで――、織也は息を呑《の》んだ。

（あれ……、紅葉さん？）

小川を挟んだ向こう岸、小高い丘の上に、紅葉が佇《たたず》んでいたのだ。

なにをしているんだろう、とそう思いかけた時、紅葉がおもむろに片手を上げて呟《つぶや》く。

「……こんなところまで……」

その横顔は、常のそれとは違って、ひどく悲しげで、苦しそうだった。

はあ、とため息をついた紅葉が、小さく何事かを呟きながら、掲げた手で宙を撫《な》でる。

――すると、紅葉の撫でたその空間に、サアッと薄靄《うすもや》のようなものがかかった。淡くやわらかく光った薄靄が、ややあってふわりと溶けるように消えていく。

ふう、と再度ため息をついた紅葉に、織也は飛び石を辿って向こう岸に渡り、そっと近づいた。

「……紅葉さん？」

「……織也」

声をかけると、紅葉は驚いたように目を丸くしてこちらを振り返った。

「どうしてここに……、ああ、榊を採りに来たのか。楓は？　一緒じゃないのかい？」

「はい、一人で来ました。紅葉さんは？　さっきのは、なにをしていたんですか？」

聞き返した織也に、紅葉が困ったように目線を泳がせる。

「あー……、……見てた？」

バツの悪そうな顔つきで聞く紅葉に、織也は戸惑いつつもこくんと頷《うなず》く。すると紅葉は、風に揺れる紅蓮《ぐれん》の髪をかき上げ、ため息混じりに織也に釘を刺してきた。

「……楓には内緒にしてくれないか」

「いいですけど……、訳を聞かせてもらえませんか？」

織也がそう聞くと、紅葉は目で頷いて、手を差し出してきた。

「バケツ、貸してごらん。先に水を汲《く》みに行こう」

「あ……、は、はい」

榊の入ったバケツを織也から受け取ると、紅葉はいったん小川に下りて水を汲んだ。清《さや》かな冷水に榊を浸し、バケツを平たい石の上に置いて、織也を手招きする。

「織也、こっちにおいで。少し話をしよう」

ここに、と促されて、織也はつるりとした岩の上に腰かけた。紅葉も隣に腰を下ろして、さやさやと小川を吹き抜ける涼やかな風に目を細める。

「……さっきのあれはね。この敷地に張られた結界を修復していたんだよ」

ややあって静かに切り出した紅葉に、織也は首を傾げた。

「結界って？」

「悪いものが入らないようにかけられたまじない……、目に見えないバリアって言ったら分かりやすいかい？」

おもむろに片手を上げた紅葉が、すうっとさっきのように宙を撫でる。するとその空間に、白い薄靄のようなものが現れた。

「あ……、これ、さっきの……」

「この一帯には、神様がこういった結界を張っていらっしゃる。神社を常に清浄に保つために ね。……けれど、最近はこの結界も、綻《ほころ》びが目立つようになってきた」

（それって……）

言葉を呑み込んで、織也は視線を落とした。

何故《なぜ》綻びが目立つのかなんて、言われずとも分かる。

（……神様の霊力が弱くなってきているからだ）

「……紅葉さんは毎日、その修復をしていたんですね」

昼間姿を消していた紅葉がなにをしていたのかが分かって、織也はようやく納得した。やはり紅葉はただふらふらと遊び歩いていた訳ではなかったのだ。

「あれ？　でも、どうして楓さんに内緒なんですか？」

楓は、紅葉が勤めをサボっているのだと誤解している。

一言、結界の修復をして回っているのだと言えばあんな誤解はさせないで済むのに、とそう不思議に思った織也に、紅葉が苦笑を浮かべる。

「……だって、楓がこんなことを知ったら、悲しむだろう」

「え……」

「楓は特に、今の神様に懐いていたからね……。敬愛する六合《りくごう》様が結界も保てないほど弱っていると知ったら、楓まで嘆き悲しんで引きこもってしまうかもしれない」

それは困るからね、と冗談めかして言う紅葉だが、その言葉に本心が透けて見えて、織也は黙って紅葉をじっと見つめた。

（紅葉さんは、楓さんを悲しませたくなくて、結界のことを秘密にしているんだ……）

おそらく紅葉は、そのためになら自分が楓に誤解されてもいいと思っているのだろう。

日に日に神様の霊力が弱まっていくのを目の当《ま》たりにしている紅葉だって、辛《つら》くないはずがないのに。

「楓さんは、紅葉さんは昔は違ったって言ってました。初代の神様から自分を庇《かば》ってくれたって……。でも、紅葉さんは今も変わらず、弟思いのお兄さんなんですね」

そう言った織也に、紅葉はくすぐったそうに目を細めて頭を振った。

「……買いかぶりすぎだよ。でも、そうか……。楓は織也に、道成《どうせい》のことを話したんだね。もしかして、角のことも聞いた？」

織也が頷くと、そうか、と紅葉が噛《か》みしめるようにもう一度繰り返し、ふっと優しい笑みを浮かべる。

「あいつが、自分から誰かに角のことを話すようになるなんてね……」

「……紅葉さん？」

独り言のような呟きに首を傾げた織也だったが、紅葉は顔を上げると小さく首を振り、にっこりと織也に微笑《ほほえ》みかけてきた。

「楓と仲良くするのはいいが、昨日のようなことはあくまでも花嫁修業の一環にとどめておくんだよ、織也」

「昨日の……ようなって……っ、えっ⁉」

思い当たったことに、織也はまさかとボンッと顔を真っ赤にする。

「なんで……っ、なんで知って……⁉」

「気づかない訳がないだろう？　急にオレの体調を気にしたり、二人してそわそわと目も合わせないで、おまけに楓の顔色がやけにいいときたら、すぐ分かるさ。昨日、楓と夜伽の練習をしたんだろう？」

さらりとそう指摘されて、織也はうぐっと返事に詰まってしまう。

「それは……、えっと……、は、はい」

茹《ゆ》で上がった顔を俯《うつむ》けた織也に、紅葉がからかうような笑みを浮かべて言う。

「こんなことで真っ赤になるなんて、織也は可愛いねえ。真面目の上に真面目が乗ってるような楓が、織也にまた夜伽の手ほどきをするなんて意外だと思っていたが、案外奴も理性がぐらついたのかな」

「そんな、違います。楓さんは、霊力が枯渇して具合が悪くて……、だから、僕から夜伽の練習して下さいって頼んだんです」

織也の言葉を聞いた紅葉が、途端に眉《まゆ》をひそめる。

「楓の霊力が枯渇……、……そう」

「紅葉さんは、大丈夫なんですか？　楓さんは神様からの霊力がすごく少なくなっているって言ってましたけど……」

心配になって紅葉を見つめた織也だが、紅葉は頭を振って言う。

「オレはまだ大丈夫だよ。楓はあの角だしね、霊力が枯渇しやすいんだ。それに……、あいつはオレと違って、本物の狛犬だからね。良くも悪くも、神様の影響を受けやすいんだよ」

「……どういうことですか？」

本物もなにも、二人は同じ狛犬のはずだ。

どういうことだろうと首を傾げた織也に、紅葉が微笑を浮かべる。

「オレはね、厳密に言えば狛犬ではなく、獅子《しし》なんだよ。楓と違って、角がないだろう？　今は阿吽《あうん》の一対で狛犬と呼ばれることが多いが、古来、狛犬は角のある方だけで、タテガミのある方は獅子を象《かたど》ったものなんだ。……オレは、まがい物の狛犬なんだよ」

紅葉の深紅の髪が、涼風にさらわれる。サアッとたなびいたその髪は、獅子の像と同じくゆるく波打っていた。

「……でも、だからこそオレはこの神社を、楓を守らなきゃならない。あいつがいるからこそ、オレは狛犬でいられる。……あいつがいなきゃ、オレはただの獅子像だ」

「紅葉さん……」

「真の狛犬である楓は、神社の最後の砦《とりで》だ。あいつさえいれば、この神社は安泰だからね」

（あいつさえいれば、って……）

息を呑んで、織也は紅葉を見つめた。

紅葉の怜悧《れいり》な瞳《ひとみ》は、遠く虚空に向けられている。

その眼差《まなざ》しはまるで、自分は消滅してしまっても、楓と神社だけは守らなければと思っているようで——。

「……っ、駄目です！」

思わず織也は、そう叫んで紅葉にしがみついていた。

「織也？　なにを……」

「紅葉さんだって、この神社の大切な狛犬です！　まがい物なんかじゃない！」

織也の言葉に、紅葉が大きく息を呑む。

その胸元にいっそう強くしがみついて、織也は紅葉を見上げ、必死に訴えた。

「お二人は、二人で一対なんです。二人とも、この神社にとって大事な大事な守り神なんです……！　どっちか欠けてもいいなんて、そんなことない！」

「……織也」

「だから……、だから、自分だけでどうにかしようなんて思わないで下さい。僕には兄弟はいないけど、でも、兄弟ってお互い助け合って生きていくものでしょう?」

違いますか、と勢い込んで聞いた織也に、紅葉が虚を衝かれたように目を見開いて黙り込む。しばらくじっと織也を見つめ返していた紅葉だったが、ややあってふっと、その瞳を細めて口を開いた。

「……助け合って生きていく、か。……そういえば昔、六合様にもそう言われたな」

懐かしそうにそう言った紅葉が、織也の髪を指先で梳《す》く。

「お前たちは二人で一対なのだから、これからも助け合ってこの神社を守っておくれ、ってね。……織也は同じことを言ってくれるんだね」

「あ……」

「ありがとう、織也」

そう囁く紅葉の眼差しのやわらかさにどぎまぎしてしまって、織也は思わず視線を落としてしまう。

「い、いえ、僕はただ、思ったことを言っただけで……」

間近で微笑む紅葉との距離が近いことに今更気づいて、急に恥ずかしさが込み上げてくる。けれど紅葉は、ますます目を細めると、織也の髪を一房つまんで言った。

「……そう思ってくれることが嬉《うれ》しいんだよ。織也はオレたちをモノ扱いしないいし、オレを偽物扱いもしない。オレはそれが、嬉しい」

毛先に小さくキスされて、織也は顔を真っ赤にして紅葉の胸元を押し返した。

「か……、からかうのはやめて下さい……っ、ほら、もう帰りましょう!」

美形で雰囲気のある紅葉はそういう仕草も似合うけれど、それをやられる方はたまったものではない。

(恥ずかしくて爆発しそう……!)

ぴょんと岩の上から飛び降りて、ぱたぱたと手で顔を扇《あお》ぐ織也に続いて、紅葉がくすくす笑いながら岩から降りる。

「分かった分かった。でも結界のことは、楓にはもう少し内緒にしていてくれないか。最近織也のおかげで参拝者もまた増えつつあるし、もしかしたら六合様のお力が戻るかもしれないからね」

「……分かりました」

バケツを持とうとする織也より先に、紅葉の手が伸びてくる。オレが、と言う紅葉の言葉に素直に甘えて、織也は茂みの中を歩き出した。

「そういえば、紅葉さんたちって他の人間からは見えないんですよね? ってことは、今他の人が紅葉さんを見たら、バケツだけ浮いて見えるんですか?」

「いや、バケツも消えてしまっていると思うよ。触れている間だけ、だけどね」

「そうなんだ……。あ、じゃあ僕も、紅葉さんと手を繋《つな》いだら、他の人から見えなくなりますか？」

「そうだね、おそらくは。今まで人間と手を繋いだことがないから、分からないけどね」

「じゃあ今度試してみてもいいですか？」

「ああ、それなら鏡の前で試してみるといい。オレたち狛犬は鏡に映らないからね。手を繋いでみて、織也も鏡に映らなくなっていたら、他の人間からは見えないってことだから」

今度試してみようか、と紅葉が微笑む。他愛もない話を続けながら二人でゆっくりと並んで歩くのは楽しくて、織也はつい夢中で紅葉に話しかけていた。

「それで——、あ、そうだ、今日みたいに結界を修復するのって、僕にもできますか？」

「ああ、もちろんできるよ。手伝ってくれるの？」

「はい、今度教えて下さい！」

勢い込んで頷き、一歩踏み出した織也は——、急にガクンと自分の体が沈み込んだのにびっくりして目を丸くする。

「え……っ、うわっ!?」

ぐらっと傾いだ体を反射的に起こそうとするも、地面の湿り気《け》に足をとられ、そのまま つるんと滑ってしまって。

「織也!?」

ザザザッと一気に体が落下して、織也は思わずぎゅっと目を瞑《つむ》った。

（落ち……っ、落ちた⁉）

けれど、無数の枝葉の中を突き抜けたのは一瞬のことで、織也はすぐ、ドスンッとお尻を地面に打ち付ける。

「いった……！」

顔をしかめつつも、織也はほっと安堵《あんど》した。

どうやら崖《がけ》から足を滑らせて落ちたらしいが、そうたいした高さではなかったようだ。

「織也……っ、大丈夫か⁉」

上から紅葉の慌てた声が聞こえてくる。織也はそちらを見上げて叫んだ。

「すみません、大丈夫です……！　すぐそっちに……」

慌てて立ち上がろうとするが、腰が抜けてしまったのか、足に力が入らない。

「く……、紅葉さん、ちょっと待っててもらってもいいですか？」

「ケガしたのかい⁉」

「ちが……っ、腰が抜けちゃって！」

織也がそう訴えると、ややあって上からくっくっと笑い声が降ってきた。

「……笑わないで下さい」

むすっと言う織也に、紅葉が謝ってくる。

「悪い悪い。びっくりすると腰が抜けちゃうのは相変わらずなんだねぇ、織也は」

どうやら、織也が迷子になった時のことを思い出したらしい。紅葉が笑み混じりの声で続ける。

「すぐそちらに行くから、そこで待ってなさい」

迂回《うかい》して行くから、と言う紅葉にハイと返して、織也はほっとして辺りを見回した。

（茂みで見えなかったけど、林道の下にこんなところもあるんだ……）

織也が落ちたのは、木々に囲まれた小さな野原のような場所だった。雑草が生い茂った野原を囲むようにして、たくさんの曼珠沙華《まんじゅしゃげ》が咲き乱れている。

（……？　珍しいな。彼岸花って言うくらいだから、秋に咲く花なのに）

山の中で涼しいから、季節を勘違いして花が咲いてしまったのだろうか。

それにしてもこんなにたくさん咲いているなんて、と首を傾げた織也は、ぐるりと曼珠沙華を視線で辿って小さく息を呑んだ。

（あれは……、祠《ほこら》……？　どうしてこんなところに……）

野原の奥、崖をくり抜いたそこに、小さな祠があったのだ。

石でできたそれには、紙垂《しで》が付いた縄がぐるりと巻かれ、護符が貼りつけられている。

──けれどその護符は、半分ほど剝《は》がれかかっていた。

剝がれかけた護符の下に、なにか赤い文字のようなものが見える。

（……なんて書いてあるんだろう）

織也が身を乗り出そうとした、その時だった。

「え……？」

突然、織也の目の前の茂みが、風もないのにカサカサと揺れたのだ。

「な、なに……⁉」

心細さから過剰に驚いた織也が逃げようとしたその時、その茂みから小さな野ネズミがひょこっと顔を出した。

「ネ……、ネズミか……」

茶色のネズミに真っ黒な瞳で見つめられて、織也は脱力してしまう。

蛇とかじゃなくてよかった、とほっとした織也だったが、そこで突然、視界が真っ赤に染まった。

「え……」

目を瞠《みは》った織也は、それが大きな、大きな獣であることに気づいて息を呑む。

紅蓮の炎のような美しい被毛を揺らめかせたその犬には、豊かなタテガミがあって――。

「紅葉、さん……？」

「こんなところにも侵入者が……！　ここを六合様の御山と知っての所行か⁉」

グルル、と喉《のど》を鳴らした犬から漏れ聞こえてきたのは、紛れもなく紅葉の声だった。織也を背に庇うようにしてその尾を膨らませた紅葉が、小さな野ネズミに向かって低く唸《うな》る。

「獣が、侮りおって……！　お前など今すぐ嚙み殺してやる……！」

「ま……っ、待って！　待って下さい！」

織也は慌てて紅葉にすがりついた。

「嚙み殺すって……、このネズミをですか⁉　どうして……」

見ればネズミは突然現れた大きな獣に恐れをなしたのだろう、びっくりしたように硬直してぶるぶる震えている。

「織也……、このネズミはおそらく、結界に開いた穴から入り込んだんだ。この山のネズミではない。この山に棲《す》まうのは、神に許された者でなければならない……！」

「そんな……、だからってなにも、嚙み殺すことないじゃないですか！」

「いや、駄目だ……！　侵入者を排除するのは我ら狛犬の役目……！　六合様のお力を軽んじる者など、到底許せぬ……！」

ウウ、と唸った紅葉の瞳は、激情に燃え滾っている。怒りで我を忘れているのだろう、その口調も声音も、いつもの穏やかさをすっかり失っていた。

織也は驚きつつも、ぎゅっと紅葉の獣毛を摑《つか》んで押しとどめる。

「紅葉さん……、きっとこのネズミだって、間違えて入っちゃっただけです。だから、殺すなんてやめて下さい……」

「……しかし」

「結界の外に逃がしてあげましょう？　ね？」

お願いだから、と必死に頼み込む。

「このネズミは悪霊って訳じゃないんでしょう？　だったら、お願いします。見逃してあげて下さい……！」

いくらネズミとはいえ、目の前で殺されるなんて黙って見ていられない。重ねて頼んだ織也に、紅葉がふう、とため息をつく。

「……まったく、織也は優しいいんだから」

真っ黒な瞳を穏やかな色に変えて、紅葉が織也に告げる。

「仕方ない。織也の言う通りにするから、そのネズミを持って、オレの背に乗って」

「え……、あ、はい」

未だ硬直している野ネズミをすくい上げると、織也は言われた通りに紅葉の背に跨《また》がった。

いくら織也が小柄とはいえ、乗って大丈夫なのだろうかと心配が頭をよぎるが、それは杞憂《きゆう》だったようだ。

「しっかり摑まってて……！」

「え……っ、わっ」

一声吼《ほ》えた紅葉が、タッと地を蹴《け》って織也が落ちてきた崖を一気に駆け上がる。

まるで重力など関係ないような身のこなしで林道に飛び出た紅葉は、そのまま凄《すさ》まじい跳躍力で山の中を駆け抜けた。

（すごい……っ、景色がどんどん、後ろに飛んでく……！）

空でも駆けるかのような速さで、紅葉があっという間に小川を越え、小高い丘へと躍り出る。一息に丘を駆け下りたところで、大きな木のそばで足をとめた紅葉に促されて、織也はそっとその背から降りた。

「……ちょっと下がっていて。今、結界を少し開くから」

人の姿に戻った紅葉が、すっとしゃがんで地面すれすれの空間を手で撫でる。薄い靄のような結界に裂け目を作った紅葉は、ふうと肩を竦《すく》めて、織也を促した。

「さ、織也。オレの気が変わらないうちに、ここからそのネズミ、放り出して」

「紅葉さん……、ありがとう」

どういたしまして、と紅葉が肩を竦める。不本意、と顔に書いてあったけれど、それでも織也の希望通りにしてくれた紅葉に微笑んで、織也はそっとネズミを結界の外に逃がしてやった。

「ほら、向こうにお行き。もう入ってきちゃダメだよ」

チィ、と一声上げて、ネズミが慌てふためいて逃げていく。

す、と裂け目を撫でて閉じた紅葉にもう一度お礼を言おうとした織也だったが、紅葉は深く息を吐き出すなりその場に膝《ひざ》をついてしまった。

「紅葉さん……？」

「……ああ、うん。……ちょっと、休憩」

苦笑した紅葉が、木に背を預けて座り込む。慌ててしゃがみ込んだ織也は、紅葉の顔が真っ青なことに気づいて目を見開いた。

「大丈夫ですか、紅葉さん⁉」

「うん……、ちょっとね、力を使いすぎた、みたい」

はは、と紅葉が乾いた笑いを漏らす。

「情けないね。結界に穴開けることくらい、前はこんなに苦労せずできたんだけど……」

弱々しい笑い方に、織也はぎゅっと胸が痛くなってしまう。

「ごめんなさい……。僕が無理を言ったから……」

「……そんな泣きそうな顔しないの。オレなら大丈夫だよ。……敷地の端っこだから、ちょっと霊力が回復するまで時間かかるかもしれないってだけ」

少し待ってて、とそう笑う紅葉を見ていられなくて、織也は――。

「じゃあ、……じゃあ、僕の精気、受け取って下さい、紅葉さん……！」

「え……、織……っ、んっ⁉」

紅葉の唇に、自らのそれを押しつけていた。

驚いたように軽く開かれた唇の隙間《すきま》に、思いきって舌を差し出す。

ぬるんっと粘膜が擦れあう感触に腰が引けそうになるけれど、織也はぎゅっと紅葉の胸元にしがみついてキスを続けた。

「んん……、ん、う」

自分からこんなことをするなんて恥ずかしかったけれど、懸命に舌を絡める。

すると、ややあって紅葉が、するりと織也の腰に手を回してきた。

「ん……、……織也」

ちゅ、と一度唇を解《ほど》いた紅葉が、じっと織也の目を覗《のぞ》き込んでくる。熱に浮かされたように潤み、艶《つや》っぽく光る紅葉の瞳を見ていられなくて、織也はぎゅっと目を閉じてしまう。

「……いいの？」

掠《かす》れ気味の低い声にそっとそう聞かれて、織也はおずおずと小さく頷いた。

「ぼ……、僕の体液に、精気が含まれているんですよね？　だったら……」

こく、と喉を鳴らした織也に、紅葉がふっと笑みを漏らす気配がする。

「……織也は本当に優しいね。……なら、もう一度……」

「ん……っ」

濡《ぬ》れた唇が重なってくる。今度は最初から紅葉の舌に口腔を探られて、織也は思わず肩を強《こわ》ばらせてしまった。

すると、織也の唇を軽く吸いながら、紅葉が囁きかけてくる。

「……力抜いてごらん、織也」

「や……、んん……」

キスしながら喋《しゃべ》るなんて、どうやっているんだろうと織也は不思議なのに、紅葉は更に指先で織也の耳朶《みみたぶ》をくすぐってくる。長い指で耳殻をそっとなぞられると、それだけでぞわぞわと快美な痺《しび》れが走って、織也は自然と腰が砕けてしまった。

「ん……、いい子だ」

「ふ……、ん、ん」

ぬるりと舌を舐《な》められながら囁かれて、恥ずかしいのにもう全身どこもかしこも力が入らない。くちゅくちゅと口の中をかき混ぜられて、溜《た》まった蜜《みつ》をちゅるりと啜《すす》り上げられる頃には、織也はすっかり体も頭の中も熱くなって、くてんと紅葉の腕に身を預けていた。

小さく震える織也の舌を何度か甘く噛んでからようやくくちづけを解き、紅葉はぺろりと唇を舐めて言う。

「……ご馳走様《ちそうさま》。しかし、驚いたな。いくら霊力のためとはいえ、織也からこんなことをしてくれるなんて……」

「は……、あ、ん……、だ……、だって」

自分だけ上がってしまった息が恥ずかしくて、織也は視線を泳がせながら濡れた口元を手の甲で拭《ぬぐ》う。

「昨日楓さんも、霊力が足りなくて我慢できないってこうしてきたんです。そうしたら、すぐに顔色よくなったから……」

「……楓が？　……そう」

一瞬丸くした目をすぐに伏せた紅葉が、低く呟く。

「……それは本当に、霊力が足りなかっただけかな」

「え？」

「いや……、なんでもないよ」

聞き返した織也ににっこり微笑んだ紅葉は、昨日の楓と同様、少しずつ血色が元に戻りつつある。織也はほっと安堵の笑みを浮かべて、立ち上がろうとした。

「よかった、もう大丈夫そうですね。じゃあ、そろそろ帰……」

「ちょっと待って」

ぐいっと織也の腰を掴んで引き戻した紅葉が、切れ長の瞳を眇《すが》めて聞いてくる。

「……昨日、楓とはどんな修行をしたの？」

「え……、そ、そんなの、どうでも……」

「どうでもよくないよ。オレだって狛犬だからね。織也がどんな夜伽修行をしたのか、把握しておく必要がある」

そうだろう、と聞かれて、織也はなにも言えなくなってしまう。ここでそんなことないと反論したら、まるで紅葉が狛犬ではないと否定するような意味になってしまいそうだ。

織也が逡巡《しゅんじゅん》している間にも、するりと紅葉が織也の腰に手を回してくる。あっという間にTシャツの裾《すそ》をたくしあげられそうになって、織也は紅葉のあまりの手の速さにびっくりしてしまった。

「ちょ……っ、紅葉さんっ⁉」

外で肌を晒《さら》されそうになって慌てる織也だが、紅葉は織也を長い腕で抱え込むようにして独り言のようにぼやく。

「逃げられちゃったら元も子もないと思って、一応楓の言う事聞いて手を出さないでいたのに、まさかその楓に先を越されるなんてね。織也に触れるのはあくまでも夜伽の修行だけだってこと、あいつちゃんと分かってるんだろうな」

「な……、なに……？」

「ん？　なんでもないよ、こっちの話」

「えっ、ちょ……っ、紅葉さんっ、やめ……っ」

なんの話か聞きたいのに、脱がそうとしてくる紅葉の手を押しとどめるのでいっぱいいっぱいで、ちゃんと話ができない。おまけに。

「しー……。大丈夫、ここまで来るような人間はいないよ。……それに、言っただろう？　オレに触られている間、織也は透明人間なんだって」

「あ……っ、う、んん……！」

くすくすと笑みを漏らした紅葉が、すうっと織也の背筋を指先で撫で上げてくる。ぞくっと走った甘い痺れに、織也は必死に声を押し殺した。

「言ってごらん、織也。昨日は楓と、どんなやらしいことしたの？」

「や……、やらしくなんか……」

「やらしいでしょう？　夜伽の修行なんだから。ここは？　吸ってもらった？」

するんと前に回ってきた手が、すぐに胸の先を探り当てて指の腹で転がしてくる。からかうような指先に感じたくなんかないのに、そこはもうすっかり他人の手で弄《いじ》られる快感を覚えてしまっていて、すぐに硬く尖《とが》って意地悪な紅葉の指先をぷっくりと押し返してしまう。

「……っ、う、や……っ」

「あの我慢強い楓が、限界まで我慢してたんだ。よっぽど霊力が枯渇してたんだろうね。織也の唾液《だえき》だけじゃ足りなかったはず……、っていうことは」

「ひん……っ」

服の上からさわ、と足の間を撫で上げられて、織也はびくびくと体が震えるのをとめられなくなってしまう。

「や、そ、そこ……っ」

「ここも、楓に舐めさせた？」

「い、や……っ、へっ、変なこと聞かないで下さい……っ！」

このままじゃ駄目だ、紅葉から逃げられなくなる、と織也は紅葉の胸元を押して立ち上がる。なにするんですか、と怒ろうとした織也だったが、木の幹にもたれかかったままの紅葉見て、言葉を呑み込んでしまった。

苦笑を浮かべた紅葉の顔は、まだ青ざめていたのだ。

「……ごめん、ちょっと意地悪だったね。先に帰ってて。バケツは林道の途中に置いてあるから」

「……紅葉さん」

「こんな遠くまで連れてきちゃったし、本当はまた背中に乗せて運んであげたいけど……、でもごめん、オレはもうちょっとしないと、動けそうにないから」

ふう、と気怠《けだる》そうにため息をつく紅葉に、嘘をついている様子はない。

どうやら本当に霊力が枯渇してしまっているようだと分かって、織也はたちまち心配になってしまった。こんなに弱っている紅葉を置いていくことなんてできる訳がない。

（もともと、僕のお願いを聞いてもらって、紅葉さんに無理させちゃったんだし……）

普段軽佻《けいちょう》浮薄《ふはく》な態度の紅葉だけれど、彼が誰より誇り高いことも、もう知っている。本当なら紅葉にとって、こんなに弱っている姿を誰かに見せるなんてありえないことのはずだ。きっとそれもあって、多少霊力が足りなくても平気な顔をしていたに違いない。

「……ちょっと、待ってて下さい」

くるりと紅葉に背を向けて、織也は自分のハーフパンツのチャックに指を伸ばした。外でこんなことをするなんてと思うと緊張して手が震えてしまうけれど、他にいい方法も思いつかない。織也は思いきってフロントを開けると、さっき紅葉に少し触れられただけで芯を持ってしまったそれをそっと取り出した。

織也のしていることに気づいたのか、紅葉が当惑したように聞いてくる。

「織也？　なにを……」

「い、今、自分でこれ処理しますから。だから、その……」

出したの飲んで、とは恥ずかしくてとても言えなくて、織也は言葉尻を濁してしまう。紅葉には既に一度味わわれてしまっているけれど、それでも自分のそれを誰かに飲ませるなんて、考えただけで目眩《めまい》がしてくる。でも、これは紅葉にとっては栄養剤みたいなものなんだからと言い聞かせて、織也はそっとそこを上下にさすり出した。

「う……、……っ」

けれど、外でこんなことをしているという状況に羞恥《しゅうち》と緊張でいっぱいいっぱいになってしまって、いくら集中しようとしても、とても快感など追えそうにない。

小さく息をつめ、肩を震わせて自慰を続ける織也に、そっと紅葉が声をかけてきた。

「織也……、それ、オレにさせてくれない？」

「や……っ」

そんなの恥ずかしい、と頭を振る織也だが、紅葉はなだめるように重ねて言う。

「楓と同じことをするだけだよ。織也もそのままじゃ辛いでしょう？」

「で……、でも」

「夜伽の練習をするだけだから。……ね？」

織也、と掠れた低い声に囁くように呼ばれて、織也はおずおずと紅葉を振り返った。

「……いい子だから、こっちおいで。気持ちよくしてあげるから」

「う……、はい」

真っ赤な顔でこくんと頷き、性器を両手で隠したままおずおずと近づいた織也に、紅葉が目を細めて優しく指示を出す。

「オレを跨いで立って、……もっとこっちに寄って。そう、それで手、開いてごらん？」

「む、無理……っ」

促されるまま、やっとの思いで紅葉の体を跨いで近づいたけれど、この位置では紅葉の顔がちょうど織也のそこの目の前に来てしまう。今この手を離したら、紅葉の綺麗《きれい》な顔に自分の性器が当たってしまいそうで、織也はふにゃりと泣き出しそうになりながら頭を振った。

「無理？　じゃあそのままでもいいよ。指ごと舐めてあげる……」

くす、と微笑んだ紅葉が、織也の腰を両手で抱き寄せ、ちゅ、と手の甲にくちづけてくる。

そのまま本当にぬるりと舌を這《は》わされて、織也はひっと竦み上がってしまった。

「あ、や……っ、うう」

手の甲をくすぐった舌先が、指と指の間に潜り込んでくる。阻もうときゅっと指の間を狭めても、ぬるんと滑る舌はすぐに逃げてしまって、別の隙間から織也のそこを狙《ねら》ってくる。ちろ、と花茎に直接濡れた感触が触れた途端、織也はびくっと震えて音を上げてしまった。

「いや……、や、やっぱりや……」

「ん……、嫌じゃないだろう？　ここ、もう濡れてきてる匂《にお》いがするよ」

「や、ひぅ……っ」

どうやら紅葉も楓と同様に、人間離れした嗅覚《きゅうかく》を持っているらしい。そんな匂い嗅《か》がないでほしい、と織也は真っ赤になってしきりに首を振る。

けれど、どれだけ逃げようとしても、腰を強く引き寄せられてはもうろくに抗《あらが》うこともできなくて。

「織也、ほら……、指、邪魔だよ」

「う……、うや……」

「足、もう震えてるんだろう？　立ってるのつらいなら、木に抱きついたら楽になるから。……ね」

抗い難い優しさを伴った紅葉の声に促されるまま、織也はいつしかそこから手を離してしまっていた。ぎゅうっと木の幹にしがみついた織也の腰を抱き抱えて、紅葉が囁く。

「よくできたね、織也。大丈夫、恥ずかしいのなんてすぐ忘れるくらい、いっぱい気持ちよくしてあげるから……」

「あ……、う、ひぁ……っ」

やわらかな囁きの余韻がまだ溶けきらないうちに、織也のそこがじゅぷりと濡れたものに包み込まれる。いきなり全容を含まれ、きゅうっと吸い上げられて、織也は木の幹に額を押しつけて必死に声を堪《こら》えた。

「ひ、う……っ、う、んん……！」

けれど、いくら声を押し殺しても、紅葉は溢《あふ》れる蜜をじゅるじゅると啜り、形のいい唇で幹を軽く締めつけながら深く浅く扱《しご》き立ててくる。ぬちゅっ、ぐじゅっと上がるいやらしい音が恥ずかしくて、織也はたまらずぎゅっと木にしがみついた。

「や……、や、あ、あ」

ちゅぷん、と顔を上げた紅葉が、伸ばした舌で根元から先端までをなぞり、先端の割れ目を舌先で舐めねぶってくる。にゅるにゅるとこねるみたいに弄られると、腰が甘く重く痺れて、性器の先が蕩《とろ》けてしまったかのようにあとからあとから蜜が溢れていってしまう。

「ん、……ふふ、とろとろだ」

「う、や……、んんっ」

離れていく熱い舌先に、思わず腰を揺らして追いかけてしまいそうになった織也は、ハッと我に返って押しとどまった。けれど。

「美味《おい》しいのが、ほら……」

「あっ、や……っ、ひううっ」

とろおっと零《こぼ》れ落ちた蜜に、紅葉が垂れてきた、と目を細めて囁く。

待ち受けていた舌で蜜を搦《から》め捕《と》った紅葉は、そのままぬっぷりと花茎を根元まで咥《くわ》え込んできた。濡れたやわらかい粘膜にあやすように包み込まれる心地よさに、織也は淫《みだ》らな喘《あえ》ぎがとまらなくなってしまう。

「あ、ああ……、う、あ……?」

けれどそこで、織也は自分の腰を抱いていた手がすっと下に移動したことに気づいた。

大きな手は、ずり落ちかけていた織也のハーフパンツを更に下げ、剝《む》き出しのお尻をするりと撫でてきて――。

「な……、なに……っ、あ、く、紅葉さ……っ、あ、あ、あ！」

なにを、と驚きの声を上げかけた織也だったが、皆まで言う前に紅葉が口腔を複雑に蠢《うごめ》かせながら織也の性器を吸い上げてくる。目の前が眩《くら》むような快美に打ち震えた織也は、狭間《はざま》の奥へと潜り込んできた指先に戸惑った。

「や……、なん、で……っ、そんなとこ、や……」

腰を左右に振って逃れようとしても、前を含まれてしまっている状態ではろくに動けないし、そもそも紅葉を跨いで足を開いている格好では指を払いのけることもできない。

長い指先に恥ずかしい窄《すぼ》まりをするりと撫でられて、織也はびくっと肩を震わせた。

「や、め……っ、やあ……！」

そんなところを人に触られるなんて信じられなくて、身を強ばらせた織也に、紅葉が顔を上げて囁きかけてくる。

「ん、織也……、力を抜いて。これも、夜伽の練習だから」

「よ……、夜伽って、でも」

「言っただろう？　君が極上の精気を放てるように、君の体を開発する必要があるって」

艶めいた瞳に欲情を滲《にじ》ませながら、紅葉が織也の性器をするりと撫でる。たっぷりと蜜を搦め捕った指先を再び後孔に這わせた紅葉は、襞《ひだ》の一つ一つをなぞるように撫で始めた。

「んん……っ、や、や……」

「指だけ、だよ。……それ以上は、望まない」

「え……？」

——それ以上は、望みませんから。

楓と同じ言葉に、織也は驚いて紅葉を見下ろす。

真っ黒な瞳は、昨日の楓と同じ、最初から諦めているような眼差しをしていた。

「あ、の……、紅葉、さ……」

「それ以上は、神様への裏切りになるし、……後戻りができなくなるからね。……だからせめて、花嫁修業の間だけは、君に触れることを許してほしい」

「え……っ、あっ、や、やぁ……っ」

くにくに、と花弁を散らすように指を動かされて、織也は頭の中を整理することができなくなってしまう。

どうして、……どうしてそんな目をするのか、聞きたいのに。

二人が本当はなにを望んでいるのか、知りたいのに——。

ひ、ひう、と紅葉の指がそこで蠢く度にびくびく震える織也の花茎にねっとり舌を這わせながら、紅葉が目を細めて囁きかけてくる。

「……男に抱かれても気持ちよくなれるように、オレが織也の体を仕立ててあげる。君は、ここで感じるいやらしい体になるんだよ……」

「そ……んなの、や……っ、あ、ひう……っ！」

慌てて抵抗しようと身を捩《よじ》ろうとするより早く、ぬめる指先がぬぐうっと中に押し込まれていく。怖くて、恥ずかしくて、なによりどうしてそんなところに指を入れられているのか、まだ頭が混乱したままで、織也はぎゅっと身を縮めて紅葉の指を拒もうとした。

けれど、紅葉は舌先でちろちろと織也の幹をくすぐりながら、ますます指を深くまで押し込んでくる。

「ん……、ほら、織也、痛くないから」

「や……、も、抜い……っ、抜いて、下さ……っ、あ、う、うー……！」

頭を振って訴えるのに、紅葉は指を抜いてくれないどころか、蜜を零す先端にくちづけてちゅぷちゅぷと小刻みに吸い立ててくる。弱い部分を刺激され、思わず力を抜いてしまった織也は、長い指を付け根まで全部挿入されてしまっていた。

「ひ、あう、動かさな、で……っ」

くちくちと狭いそこをくつろげるように蠢く指から逃れたいのに、ぬるぬると花茎を舐め上げられては立っているのもやっとで、拒む声すら快感に上擦ってしまう。

あ、あ、と切れ切れに喘ぐ織也の性器を舐めながら、紅葉は何度も指を抜き差ししてきた。

「あ、う、く……っ」

「ん、やわらかくなってきた……。織也、もう一本入れるよ」

「や、だめ……っ、あ、ひううっ、んん、んー……！」

ぬぷ、と指を引き抜いた紅葉が、揃《そろ》えた指をねっとりと舐めて濡らし、再びそこにあてがってくる。増えた分、息苦しさは増しているのに、一本だけだった時よりもずっと簡単に入り込んできた指に、織也はぎゅっと目を瞑って混乱に震え上がるばかりだった。

おまけに。

「ひ、あああ……っ、な、に……っ、いや、や……」

「……ん、すごいね、織也。ここが気持ちいいんだ？」

「違……っ、や、あっあっあ……っ！」

ぬくぬくと中を探った紅葉の指が性器の裏側を掠めた途端、びくんっと腰が跳ねてしまうくらい強い快感が駆け抜ける。ふっくらと膨らんだそこを二本の指先でくにくにと擦られて、織也はあられもない声を放った。

「ひう、うああ……っ、あ、あ、あ……！」

（なんで……っ、なんでそんなとこで……！）

自分の体の中にこんな場所があるなんて知らなかったのに、紅葉の指がその凝《ここ》りのような場所を撫でる度、びくびくと全身が震えるくらい感じてしまう。

鋭く重い快楽に呑まれるのが怖いのに、発熱したみたいに疼《うず》く内壁は、いつしかねだるみたいにきゅんきゅん紅葉の指を締めつけていて。

「あ、あ……っ、も、も……っ」

ぐりゅっと凝りを強く押し揉《も》まれた途端、体中の熱がぎゅるんっと下腹の奥で渦を巻くような感覚が走る。

「や、や……っ、で、ちゃ……ぅっ」

急速にせり上がってくるその熱に、織也は押し流されかけ――。

「……まだ、だぁめ」

「あ、あ……っ⁉」

きゅっと花茎の根元を指で縛《いまし》めた紅葉にそれを阻まれた。

「や、や……っ、なん……っ、なんで……！」

「言っただろう？　次はもう少し我慢してみようか、って」

織也を見上げた紅葉が、瞳を艶めかせて囁く。

「夜伽の修行なんだから、多少辛いことも頑張ってもらわないと。それに快楽が深ければ深いほど、美味しい精気になる……。……だからもっと、もっと、感じさせてあげるよ」

「あ、ひう……っ、あ、や、それ、や……っ」

織也の根元を片手で押さえつけたまま、紅葉が後孔に挿入した指をゆっくり動かし出す。まるで本当のセックスのようにぐちゅぐちゅと前後に抜き差しされ、その度にあの凝りを指先で押し潰《つぶ》すみたいに嬲《なぶ》られて、織也は身も世もなく泣き喘いだ。

「やだ、や……っ、ああ、あああ」

「ん、……ふふ、また」

とぷっと溢れて滴り落ちた蜜を再度舌で受けとめた紅葉が、真っ赤に張りつめた織也の性器を舐めしゃぶってくる。ぐりゅぐりゅと後孔をかき混ぜられながら、唇でやわらかく幹を喰《は》まれ、溜まった蜜をちゅうっと吸いあげられて。

「もう……っ、も、イき、た……っ、あ、あ、ひ……っ」

前も後ろもじゅくじゅくに溶かされたみたいに熱くて熱くて、出口のない快感に頭の中が真っ白になってしまう。

織也はがくがく膝を震わせながら、自分を責め苛《さいな》む男に懇願していた。

「紅葉、さ……っ、紅葉さん、お願……！　も、お願い……っ！」

「……ん、可愛い、織也。……いいよ、オレに織也の精気、いっぱい飲ませて」

「あ……っ、ひ、うあっ、あぁあっ」

ぐりぐりっと凝りを指の腹で押し潰しながら、紅葉が性器を扱き上げてくる。同時にびくびく震える先端をじゅううっと吸われて、織也はたまらず紅葉の口腔に精を放っていた。

「ひ、うううう―……！」

「ん、んん……、は、すごい、美味しい……」

うっとりと目を細めた紅葉が、ぴゅううっと飛び出した白蜜を余さず飲み干していく。

「あ……、う、ああ……」

管に残った残滓《ざんし》もちゅるりと吸い取られ、すっかり力の抜けた織也はそのままずるずると紅葉の膝に座り込んでしまった。

「は……っ、は、あ……」

息が荒くて、とても目が開けられない。

ご馳走様、と瞼《まぶた》に降ってきたキスに文句を言うことすらできずに、織也は紅葉の広い胸元にくったりと身を預けていた。

頬を撫でるやわらかな風が、やけに冷たく思えた。

ぎゅぎゅっと握ったおにぎりを大皿にいくつも並べて、織也はよし、と笑みを浮かべた。

「楓さん、海苔《のり》は切れましたか？」

「は……、あの、もう少々お待ちを……」

見ると楓は、海苔に定規を当てている。

おにぎりに巻く海苔を切って下さいと頼んだ際、縦横の長さは何センチくらいでしょうかと聞かれて、戸惑いつつも八等分くらいにと答えたが、どうやら楓はきっちり八等分にしようとしているらしい。その手にはキッチンバサミが握られている。

不器用で生真面目な楓に微笑ましさを覚えながら、織也は教えてあげた。

「楓さん楓さん、大体でいいんです。それに、海苔は折れば手で切れますから」

半分に折ってと指示すると、楓がおそるおそる海苔を折っていく。パリパリと自然に切れた海苔に、おお、と感嘆の声を上げ、目をキラキラさせる楓に、織也はくすくす笑みを零しながら、おにぎりを包むアルミホイルを用意した。

織也が狛犬の二人それぞれに精気を分け与えてから、数日が過ぎた。あれから織也は、楓と外陣で参拝者に加護を与える勤めをこなしつつ、時々折りを見ては裏山に行き、紅葉に教わって結界の修復を手伝っている。

最初はあんなことをしてしまった恥ずかしさから、二人とどう接していいか分からなかった織也だったが、二人の顔色が随分よくなったと気づいてからは、必要なことだったのだとある程度納得できるようになった。あれは二人にとっては食事と同じようなものなのだ、と。

(だってそうじゃなきゃ、僕は二人と同時に関係を持ってるってことに……)

かすかに頬《ほお》を染めた織也は、違う違うと頭を振っておにぎりに海苔を巻き、アルミホイルに次々包んでいく。

付き合っている訳でもない人とああいうことをするというだけでも問題だと思うのに、相手は男の人で、狛犬で、おまけに双子だ。しかも、二人からは、あれからもお勤めの度にキスやそれ以上を迫られてしまっている。霊力が足りないと言われるとどうしても拒みきれなくて、織也はつい、キスだけならと許してしまっていた。

(なんだか二股《ふたまた》かけてるみたいで、罪悪感があるけど……)

二人は自分が好きでキスを迫っている訳じゃないのだから、罪悪感なんて感じる必要はないのだということは分かっている。でも、二人にとっては食事のようなものでも、織也にとっては紛れもなくキスなのだ。

だから、混乱してしまう。

どうして自分は、二人にキスを許してしまっているのだろう。

今はもう、そうしなければ消滅してしまうかもしれない、というほど、二人もせっぱ詰まっているようには見えない。

それなのに、楓にくちづけだけでもお許し下さいと言われると、拒めない。

紅葉に、夜伽の修行をするだけだよと言われると、目を閉じてしまう。

（……神社のためだから……、だから霊力を分けてるだけで、深い意味なんて、……ない）

自分に言い聞かせるように心の内で繰り返して、織也はおにぎりをナップサックに詰めた。お茶を入れた水筒も詰めて、楓を見上げる。

「じゃあ行きましょうか、楓さん」

はい、と頷いた楓が、ナップサックを持ってくれる。織也は楓と一緒に母屋を出て、裏山へ向かった。

午前中、楓と外陣でお勤めをした織也は、午後は裏山に榊を採りに行くから、一緒についてきてくれませんかと楓を誘っていた。今日は天気がいいから、お昼はおにぎりを作って裏山で食べましょうと言ったら、楓は千切れんばかりにシッポを振って喜んでいたけれど。

（……本当は別に目的があるって知ったら、楓さん怒るかな……）

それに紅葉も、怒るかもしれない。

こっそりため息をつきながら、林道から更に山の奥へと分け入っていった織也は、隣を歩く楓の一言にぎくりとしてしまう。

「それにしても、随分たくさんおにぎりを作ってくださったのですね」

「あ、は……、はい、……いっぱい食べてくれたら嬉しいなって」

言葉を濁して答えると、楓がにこにこと笑みを浮かべて頷く。

「はい、全部いただきます。今から楽しみで……」

けれど、皆まで言う前に、楓の笑顔が凍りつく。

林が開けた、その先に居たのは――。

「兄者《あにじゃ》……」

「……楓？　どうしてお前が……」

小川の畔《ほとり》に立ち、片手を宙に掲げて、今まさに結界を修復している紅葉、だったのだ。

慌てたように手を降ろした紅葉が、楓の隣の織也を見つけて一瞬目を瞠り、続いて大きくため息をつく。

「……織也。君って子は、まったく……」

「……ごめんなさい。でも、やっぱり楓さんにも話すべきだと思ったから」

紅葉に頭を下げた織也は、続いて楓にも謝る。

「楓さんも、ごめんなさい。……おにぎりは、紅葉さんの分もあるから、あんなにたくさんだったんです」

「織也様……、あの、これは一体……」

呆然《ぼうぜん》としている楓を見上げて、織也は説明した。

「……僕が、紅葉さんにここで待ってて下さいって言ったんです。楓さんに、紅葉さんが普段遊んでいる訳じゃないってことを、知ってほしかったから」

織也は今日、楓だけではなく、紅葉ともお昼ご飯の約束をしていた。おにぎりを持っていきますから、小川で待っていて下さいと話したのだ。

「楓さん、紅葉さんはいつも、山を回って結界の修復をしていたんです。綻びから悪いものが入らないように、一人で」

「兄者が……？　何故、一人で……。俺に一言相談してくれれば……！」

まじまじと紅葉を見つめた楓から、紅葉が逃げるように視線を逸《そ》らす。

「……お前には、参拝客に加護を与えるという勤めがあっただろう？　結界の修復程度、オレ一人でも十分だったからね」

そう嘯《うそぶ》く紅葉に、楓が一瞬目を見開き、ぎゅっと拳《こぶし》を握りしめる。その横顔は、激情を堪えるように強ばっていた。

「……兄者は、いつもそうだ。いつも俺に黙って、自分一人で背負い込んで……！」

「楓さん……、それは」

慌てて説明しようとした織也だったが、楓は紅葉をきつく見据えて続ける。

「俺の角が折られた時も、そうだった。俺に黙って、ご神体を持ち出して……。俺はこの欠けた角のせいでいつも助けられてばかりで、兄者の足を引っ張るばかりだ。狛犬とは名ばかりの、なにもできぬ出来損ないで……！」

楓の真っ黒な切れ長の瞳は、燃え立つ炎のように揺らめいていた。

――怒りと、そして、強い、強い悲しみに。

「……兄者は本当は、俺など厄介者《やっかいもの》だと思っているのではないか。俺が消滅すれば、もっと兄者に、この神社にふさわしい狛犬を迎えられると……」

「楓さん！　いい加減にして下さい！」

パチン、と織也は思わず背伸びをして、楓の頬を叩いていた。打たれた楓が、呆然と織也を見つめてくる。

「織也、さま……？」

「紅葉さんも！　誤解させるようなものの言い方で誤魔化《ごまか》すのはやめて下さい！　余計に楓さんを悲しませるって、どうして分からないんですか⁉」

キッと織也が睨《にら》むと、紅葉が驚いたように小さく息を呑む。織也は楓に向き直って、背の高い彼をじっと見上げて告げた。

「紅葉さんが黙ってたのは、楓さんがこのことを知ったら悲しむと思ったからです。楓さんは神様のことを特に慕っていたから……。そんな紅葉さんが、楓さんのことを厄介者だなんて思うはずがない、そうでしょう、紅葉さん？」

織也に水を向けられた紅葉は、小さくため息をついて静かに切り出した。

「……当然、そんなふうに思ったことは一度たりともないよ」

「兄者……」

「一人で結界の修復をしていたのは、露払いはオレの役目だと思っていたからだ。……オレは、獅子だから」

先ほどの織也の言葉が応えているのだろう。紅葉は懸命に、自分の感情を表す言葉を探しているようだった。

「真の狛犬でないオレにできるのは、お前が狛犬として神様の代行をつつがなくできるようにすることくらいだと、ずっとそう思っていた。けれどこの間、織也に結界を修復しているのを見つかった時にそう言ったら、叱《しか》られてしまった。……織也はオレも、狛犬だと言ってくれたよ。この神社にとって大事な狛犬だ、と」

「あ……、当たり前だろう。兄者は今までずっと、この神社を守ってきたのだから」

狼狽《うろた》えながらそう言う楓に、紅葉がふっと微笑みを浮かべる。

「そうだな。オレが何者であるかなんて、オレが決めることだ……。どうしてだろうね、オレはそんなことも分からなくなっていたみたいだ」

自嘲《じちょう》するように言う紅葉を呆気《あっけ》にとられたように見つめていた楓が、ややあって俯く。

「……それを言うなら、俺もだ。俺も、自分の力不足を嘆くばかりで、狛犬としての誇りを失っていた。この神社を守れるのは、我ら兄弟だけだというのに」

悔やむように唇を噛む楓に、紅葉がああ、と頷く。

二人を交互に見つめて、織也はそっと謝った。

「……叩いたりしてごめんなさい、楓さん。それから紅葉さんも、口止めされてたのに、バラしちゃってごめんなさい。……でも、二人が誤解したままなのは、嫌だったんです」

二人にはそれぞれ思うところがあるのだから、織也が口を出すのは余計なお節介なのかもしれない。

けれど、紅葉は楓がいるからこそ、自分は狛犬でいられると言っていた。

楓も、紅葉の助けがあったからこそ、狛犬として勤めを果たせてきた、と。

傷つき合ってもなお、自分より互いを気遣い、信頼し合っている二人が誤解して仲違《なかたが》いしているなんて、そんなことは神様も望んではいないはずだ。

「お二人がいなければ、僕は自分にあんな力があるって知らないままでした。その二人が行き違っているのは、悲しいです。……それに、紅葉さんにも言ったけど、お二人は、二人で一対の狛犬、でしょう?」

織也の言葉に、紅葉が、楓が目を見開く。

織也はぎゅっと眉を寄せて、懸命に訴えた。

「紅葉さんと楓さんのお二人だったからこそ、今までうちの神社を守ってもらえたんだと、僕は思っています。他の人じゃ、駄目なんです。お互い助け合ってきた二人だから、二人ともこの神社の大事な狛犬だから、……だから」

だからどうか、仲違いしないでほしい。

互いに互いを信頼し合っていることを、知ってほしい。

必死に言い募る織也を見つめていた紅葉が、表情を引き締め、楓を見やる。

「……楓」

「……ああ」

それだけで通じたのか、楓は荷物を岩の上に置くと、紅葉の隣に並び立った。

そして――。

「え……、あ、あの……」

目の前で二人がおもむろに跪《ひざまず》いたのを見て、織也は戸惑ってしまう。

二人は織也をじっと見上げて静かに口を開いた。

「……改めて、織也に忠誠を誓わせてほしい。神様の伴侶《はんりょ》の話とは関係なしに、我々は織也個人に忠誠を誓うよ。オレたち二人に狛犬の誇りを取り戻させてくれた、君に」

「我らの主は六合様です。……ですが、それでもお誓いいたします。織也様に事あらば、たとえ魂だけとなっても、必ずお助けに参ります」

「そ……、そんな、忠誠って……」

頭《こうべ》を垂れる二人を慌ててとめようとしかけて、――織也は言葉を呑み込んだ。

神様に仕える二人が、こうして他の人間に忠誠を誓うというのは、きっと本来ありえないことのはずだ。二人はそれだけの覚悟を持って、申し出てくれたのだ――。

その覚悟を、自分が否定することはできない。

こく、と喉を鳴らして、織也はゆっくり頷いた。

「……分かりました。ありがとうございます、紅葉さん、……楓さん」

顔を上げた二人に、微笑みかける。

「でも、無茶なことはしないで下さい。……僕も、お二人のためにできる限りのことをするって約束します」

とりあえずは美味しいご飯を作るくらいしかできませんけど、と笑うと、二人が揃って立ち上がり、左右からガバッと抱きついてくる。

「わわ……っ」

「……ありがとう、織也」

「織也様……っ、ありがとうございます……！」

体格のいい二人にぎゅうぎゅう抱きつかれて、織也は苦笑しながら二人の肩をぽんぽんと叩いた。

「ほら、二人とも、ご飯にしましょう？　おにぎり、いっぱいありますから」

二人を促して平らな岩の上に座り、並んでお昼ご飯にする。サラサラと流れる小川に誘われて、織也はサンダルを脱いで足を水面に浸しながら、二人におにぎりを手渡した。

アルミホイルを剥いた紅葉が、出てきたおにぎりをまじまじと見つめて首を傾げる。

「……織也、なんだかこのおにぎりの海苔、やけにギザギザだね」

「それ、楓さんが切った海苔ですよ」

ふうん、と目を細めた紅葉に、楓が仏頂面で言う。

「嫌なら食うな、兄者」

「誰も嫌なんて言ってないだろう？」

いただくよ、とひょいと眉を上げておにぎりを食べる紅葉も、それを横目で見つつ、仏頂面のまま面映ゆそうにシッポを振る楓も微笑ましくて、織也はくすくす笑ってしまった。

自分よりずっと長い間生きている彼らだけれど、時々織也にはこの二人が無性に微笑ましく思える時がある。

守ってあげたい、力になってあげたいと思う時が。

（人間の僕が、二人にそんなこと思うのはおこがましいのかもしれないけど、……でも）

ほわ、と胸の奥に広がるやわらかな光は、自分にとってとても大事なもののように思えてならない。

二人を見ていると胸がくすぐったくて、あたたかくて――。

(……好き、だなあ)

ごく自然にそう思っている自分に気づいて、織也は小さく息を呑んだ。

「……っ」

びく、と体が跳ねた拍子に、足がちゃぷっと水面を蹴ってしまう。

不自然に揺れた水音に、二人が織也の方を向いて首を傾げた。

「織也？　どうかしたのかい？」

「なにか小川にいましたか？」

「う、ううん、なにも。……ちょっと、水が冷たくて」

誤魔化すように笑みを浮かべて、織也はおにぎりにかぶりついた。

ドキドキと、胸の鼓動がうるさいくらいに高鳴っている。

(今の『好き』って……)

それってどういう、と内心狼狽えながら、織也は自問した。

二人に対するこの気持ちは、他の人に対するものとはまるで違う気がする。

彼らを思うと、自然と唇がほころんで、どうしてだかとても優しい気持ちになるのだ。

それなのに、ずっと一緒にいたいと、二人のためになにかしたいと思う度、胸の奥がきゅうっと切なくなる。

母や祖父に対するものとも、友達に対するものとも違う、もっと強くて、熱くて、息苦しく痛いほどのこの思いは、織也が初めて覚えるものだった。

（僕……、好き、なんだ。この二人のことが……）

紅葉と、楓のことが。

神社を守るために、神様を守るために、一生懸命な二人のことが。

（どうして……）

じっと水面を見つめながら、織也はこくりと固唾を呑んだ。

二人が狛犬という、特殊な存在だから、こんな感情を覚えるのだろうか。

あんなセックスまがいのことをしたから、こんな気持ちになるのだろうか。

（……違う。紅葉さんと楓さんが嫌な人だったら、あんなことされた後、きっと嫌いになってた。自分から精気を分けようと思ったのも、二人の力になりたいと思うのも、僕が二人のことを好きになったからだ）

ぎゅっと唇を引き結んで、織也はドッドッと一層早くなった鼓動に戸惑った。

（……どうしよう）

不真面目なのに優しい紅葉のことも、生真面目で不器用な楓のことも、どちらも同じくらい大切に思える。

どちらも同じくらい、愛おしく思える。

（二人の人を同時に好きになるなんて……。しかも男で、狛犬で、……双子、なのに）

その上、二人にとって織也は、『神様の花嫁』だ。

キスも、それ以上の行為も、二人にとっては食事と同じ。

好きも、それ以上の感情もない。

（どうしよう……）

冷たい水の中でぎゅっと足の先を縮めて、織也は懸命に食べるのに夢中な振りを続けた。

美味しいはずのおにぎりの味は、最後までよく分からなかった。

◇　◇　◇

祖父の着替えを詰めたナップサックを背負って、織也は玄関先に立つ二人を見上げた。

「じゃあ、お見舞いに行ってきます。夕方までお留守番、よろしくお願いします」

「ああ、気をつけて」

頷いた紅葉の横で、楓がシッポを振って言う。

「お任せ下さい。織也様がお戻りになるまで、外陣で兄者と二人、しっかりお勤めを果たしますので」

張り切っている様子の楓に、紅葉が肩を竦めて言う。

「えー、休憩も入れようよ。交代でさ」

「……そう言ってサボるつもりか？」

じろ、と楓に睨まれて、紅葉がバレたかと笑みを漏らす。兄者、と瞳を眇める楓に、織也はくすくす笑みを漏らしてしまった。

言い合いをしていても、二人からは以前のような険がとれ、互いに気を許し合っているのが分かる。

（すっかり仲良くなって、よかった）

三人でおにぎりを食べた日から、数日が経《た》った。

誤解の解けた双子は、以前よりもケンカが増えたが、笑い合うことはもっと増えた。

（……本当に、よかった）

心からそう思うのに、どうしてだかため息が漏れてしまう。

目を伏せた織也に気づいたのは、紅葉だった。

「……ここのところ元気がないね、織也」

「え……、そ、そんなこと、ないです」

慌てて否定するも、楓も紅葉に同調する。

「俺も、そう思っていました。どこかお加減が悪いのなら、今日病院に行くついでに、医者に診てもらった方が……」

「そんな、大丈夫です。本当になんでもないですから」

屈《かが》んだ二人に顔を覗き込まれて、織也は慌てて後ずさる。

二人に対する気持ちを自覚してから、織也は二人に迫られてもそれとなく話題を変えてキスを避けていた。けれど、織也が思うよりずっと、織也の態度は不自然だったらしい。

「……最近織也、少しオレたちを避けているだろう」

「我らと過ごすのは、もうお嫌ですか」

しゅん、とミミを伏せた二人にそう聞かれて、織也は躊躇《ためら》いながらも首を振った。

「嫌じゃ、ないです。でも、……少し、考えていて」

「……なにを？」

「……神様の、花嫁になること、です」

紅葉に聞かれてそう答えた織也に、二人が虚を衝かれたように黙り込む。

それは、ここ数日、織也がずっと考えていたことだった。

「もうすぐ、秋になります。祖父も退院してくるし、……僕がここにいられるのも、あと数日です」

盛んに鳴いていたアブラゼミも、ヒグラシの鳴き声に取って代わりつつある。

夜にはもう、鈴虫の音も聞こえてくるようになった。

「僕がいなくなったら、お二人はどうするんですか？　他に精気を得る手段はないんですよね？」

思い切って聞いてみた織也に、楓が言葉を濁す。

「それは……、織也様がまたおいでになった時に、精気を分けていただければ……」

「それまでに、神様が消滅してしまったら？」

織也の指摘に、楓が黙り込む。織也はため息をついて、静かに聞いた。

「今年、モミジが色づかなかったら……、そうしたら、来年はもう、チャンスはないんじゃないですか？」

本当はこんなこと、気づきたくなかった。
けれど、気づいてしまったのだ。
「境内のモミジ……、もう、葉が落ち始めてますよね。……緑のまま」
毎日掃除をしている織也には、嫌でもそれが目に入る。
日に日に増えていく落ち葉に、織也はその時が近いことを悟ってしまっていた。
――この神社の神様が、消滅する時が近いことを。
そして、その時には、この二人も消滅してしまうのだ。
（……嫌だ）
強く、強く拳を握りしめて、織也は二人を見上げた。
神様の花嫁になるなんて、人間でなくなるなんて、自分には無理だと思っていた。
でも、織也は二人に、同時に恋をしてしまった。
大切だと、愛おしいと思うようになってしまった。
彼らを失いたくない。
このまま失うくらいなら、いっそ――。
「僕……、神様の花嫁に……」
けれど。
「なりません……！」

皆まで言う前に、楓がそれを遮ってくる。

「あなたは……っ、織也様は、花嫁になどなってはいけません……！」

眉を深く寄せ、瞳を眇めた楓に、痛いくらい強く両肩を摑まれて、織也は戸惑った。

「楓さん？　どうして……」

楓は、織也を神様の花嫁として迎えたがっていたはずだ。それなのにどうして反対などするのだろう。

織也がじっと見つめると、楓は狼狽えたように視線を落として口ごもる。

「それは……、我らのために、織也様を犠牲にする訳には……」

「楓、お前相変わらず嘘が下手だね。オレたちは最初から、自分たちのために織也に無理を承知で頼んでいたはずだろう？」

苦笑して口を挟んできたのは、紅葉だった。

「……織也が決断してくれたんだ。オレたちは感謝するべきだ。……違うか？」

「……っ」

静かにそう諭す兄に、楓が唇を嚙む。

パッと織也の肩を離した楓は、身を翻して廊下の奥へと駆けていってしまった。

「楓さん……！」

「……大丈夫だよ、織也。楓には後で、オレから言って聞かせるから」

ため息をついて眉を寄せた紅葉が、じっと織也を見つめてくる。

「さっきのは、本気?」

聞かれて、織也は頷いた。

「……はい。僕が花嫁になったくらいで、本当に神様の霊力が戻るかは分からないですけど、でも、やれることは全部やらないと、後悔すると思うから」

このまま帰ってしまったら、もしかしたら二度と二人には会えないかもしれない。

そうなる前に、二人のためにできる限りのことをしたい。

たとえ自分が人間でなくなったとしても、うまくいかなかったとしても、それでも、なにもしないよりはずっといい。

「……そう」

目を細めた紅葉が、不意に身を屈める。

気がつくと織也は、ふわ、と紅葉の腕の中に包み込まれていた。

「え……」

「……ありがとう、織也」

掠れたその声は、言葉とはほど遠い、切なげな響きを伴っていた。

「感謝するよ。……心から」

ぎゅっと抱きしめてくる腕は、先ほどの楓と同じくらい強い。

紅葉さん、と織也が呼ぼうとしたその時、紅葉が顔を上げてふわりと抱擁を解いた。

「……オレも、いつの間にか嘘が下手になっていたみたいだ」

切れ長の目を伏せ、唇の端に小さく苦笑を浮かべた紅葉の言葉の真意が分からず、織也は戸惑って首を傾げる。

「……紅葉さん？」

「なんでもないよ。……ほら、行っておいで。そろそろバスの時間だろう？」

ぽんぽん、と肩を叩いた紅葉はもう、いつもの優雅な笑みを浮かべていた。

「帰ってきたら、嫁入りについて話そう。……ちゃんと、婚礼の儀式を挙げないとね」

いってらっしゃい、と送り出すその笑顔になにも言えず、織也は後ろ髪を引かれながらも玄関を出た。

からりと晴れた空が、白い雲が、どうしてか遠く、他人行儀に思えてならなかった。


ブロロロロ、と発車したバスに揺られて、織也は車窓に流れる田園風景をじっと眺めていた。

茜色《あかねいろ》の夕日に照らされた稲は、もう穂を付け始めている。今はまだ青々とした緑だが、一面黄金色の絨毯《じゅうたん》のような景色になるのは、もうすぐそこだろう。

季節は日々巡っていく。

けれど、来年も同じ実りが確約されている訳ではない。

今日と同じ平穏な明日が来るとは、限らないのだ。

（……きっと神様がいなくなっても、人間は誰も気づかないんだろうな……）

今日、病室の祖父と話したことを思い返して、織也は小さくため息をつく。

薄野《すすきの》神社の神様が代替わりしているという話を祖父にしたところ、そんな話は聞いたことがないと言われてしまったのだ。

祖父は、神社に奉じられているのは悪霊だという話は知っていた。神社が建立された当初は一帯に怪異が続き、頭を悩ませた村人たちが祠を作って鎮魂の儀式を行い、しばらくしてからようやく荒魂が和魂へと転じてこの地に平穏が訪れたと伝わっている、と。

（人間には分からなかったんだ……、この神社の神様が代替わりしたことが）

この地の平穏は、二代目の神様と、紅葉と楓が命がけで作り出したものなのに。

そう思うとやり場のない悔しさが込み上げてくる。

けれど、その貴重でささやかな平穏も、神様が消滅してしまったら終わりだ。

（そんなことになったら、来年はこの田んぼももう実らないのかもしれない……）

そう思うと目を逸らすことができなくて、織也はじっと車窓から外を見つめながら考えを巡らせた。

祖父は、祠は裏山に作られたと言っていた。

あれには悪いものが封じられている、だから織也にあまり裏山に近づくなと忠告したのだ、と。

（裏山の祠って……、きっとあの祠のことだ）

あの祠に封じられているのは、おそらく初代の道成だろう。あの祠が作られてしばらくしてから平穏が訪れたというのは、荒魂が和魂へと転じたからではない。二代目の六合様が道成を祠に封じたからだ。

曼珠沙華がたくさん咲いていたあの場所を思い出して、織也はぞわっと背筋が寒くなる。

あの時は季節外れで珍しいと思っただけだったけれど、曼珠沙華の別名は死人花だ。もしかしたらそういう特別な場所だったから、あの花が咲いていたのではないだろうか。

（あの後、野ネズミの一件があってすっかり忘れてたけど……。あの祠のお札、剝がれかけてた……）

あの祠が道成を封じているものだとすると、お札が剝がれかけているというのはどう考えても悪い意味にしか思えない。

六合様の力が弱まったことで、道成の封印が解けかけているのだとしたら――。

（……二人と、話さないと）

狛犬たちには、今朝のこともきちんと聞いておかなければならない。

織也が神様の花嫁になると言った時、二人の態度はおかしかった。

楓には真っ向から反対されたし、感謝すると言っていた紅葉も、その言葉通りとはとても思えないような表情を浮かべていた。

二人とも、まるで織也が神様の、誰かのものになるのが嫌だと思っているみたいで――。

（……それは、僕の気のせいかもしれないけど）

ふっと視線を落として、織也は浮かんだ考えを打ち消す。

織也が彼らを好きになってしまったから、そんな気がするだけなのかもしれない。

二人に快く賛成されたら、それはそれで辛いから、殊更に二人が反対しているような気がしているだけなのかもしれない。

だって、紅葉も楓も、織也が神様の花嫁になることを望んでいるはずだ。そうしなければ、二人も、神様も消滅してしまうのだから。

（一緒に過ごしてきて、やっぱり僕じゃ神様の花嫁にはふさわしくないって思ったのかもしれないし、……そうじゃなくてもなにか、他に気になることがあるのかもしれない）

いずれにせよ、ちゃんと話をしないとなにも進まないし、分からない。

バスを降りた織也は、神社への坂道を急いで上りかけ――、その足を、とめた。

「え……」

坂道の真ん中に、見慣れない男が一人、立っていたのだ。

その男は、不思議な格好をしていた。

まるで平安時代の貴族のような狩衣《かりぎぬ》に身を包み、その頭には烏帽子《えぼし》が載っているのだ。

（なにか催し物……？　でも、この先ってうちの神社しかないよね……）

ぞくり、と背筋に凍るような寒気が走って、織也は次の一歩を踏み出すのを躊躇ってしまった。

先ほどまで茜色だった空は、刻一刻と薄闇《うすやみ》へと変わりつつある。

昼でも夜でもない、曖昧模糊《あいまいもこ》としたこの時間帯は、確か逢魔時《おうまがとき》と言うのだと、織也は思い出していた。

空も人も、すべての輪郭がぼやけて境目が薄れてしまう、そんな時、出逢ってしまうのだ。

人ではない、魔のものに――。

『この時を待ち侘《わ》びておったぞ、六合よ……！』

突然、頭の中にしゃがれた男の声が割れんばかりに響いて、織也は思わずその場に屈み込んでしまった。

「な……、なに……？」

すう、と狩衣姿の男が近づいてくる。

まるで滑るようなその動作に、織也は目を見開いた。

（この人……、足が、ない……！）

狩衣のその足元は、闇に溶けるように消え、まるで宙に浮かんでいるかのようだ。

驚愕《きょうがく》に目を見開いた織也の前で、男がぴたりと動きを止める。

おそるおそる見上げた男は、どこか歪《いびつ》さを感じるほどに端整な顔立ちをしていた。

その瞳は洞のように真っ黒で、なんの光も浮かんでいない。

（人間じゃ、ない……）

そう気づいた途端、凄まじい戦慄《せんりつ》を覚えて、織也はその場から逃げだそうとした。

けれど、足が、動かない。

あまりの恐ろしさに、指一本動かすことができないのだ。

同じ人ならざるものであっても、この男は紅葉や楓とはまるで違う存在だということは、直感だけれど織也には確信が持てた。

紅葉と楓は、最初こそその姿に驚いたけれど、纏《まと》う気配が優しいことにはすぐ気づけた。

善なるものである二人を知っているからこそ、この男の放つ禍々《まがまが》しさがいかに危険かということも分かる。

この男は、――この魔のものは、危険だ。

（逃げなきゃ……っ、早く、神社まで……！）

動かない足にどうにか力を入れようとしていた織也だったが、その時、目の前の男の唇に、にたぁ、と毒々しい笑みが浮かぶ。

「ひ……っ」

息を呑んだ織也の頭の中に、再び大声が響き渡った。

『よくも……、よくも長きにわたって、我をあのような祠に閉じこめてくれたものよ！』

その言葉に、織也は気づいた。

「まさか……っ、あなたが道成……⁉」

『知れたことを……！　お前が封じたものの名を忘れたとでも言うのか、六合！』

カッと目を見開いた男の叫びが耳の奥でこだまして、ズキズキとこめかみが痛くなってくる。織也は激痛に眉を寄せながら、震える声で反論した。

「僕は、あなたを封じた六合様じゃない……！」

恐ろしくて恐ろしくて、背筋を冷や汗が伝う。

けれどそれ以上に強く、激しく覚えたのは、怒りだった。

（こいつが……、こいつが、紅葉さんと楓さんを苦しめた、道成……！）

ふつふつと、腹の底に激情が煮えたぎっている。

（許せない……！）

震え上がったまま、それでも視線だけは強く睨みつけた織也に、道成が哄笑《こうしょう》を響かせる。

『なにを言う！　お前の気は六合そのものではないか……！　姿形が変われば、我を欺けると思うたか⁉』

「う……、く……っ」

ガンガンと痛むこめかみに顔を苦悶《くもん》にしかめて、織也は唇を噛んだ。

(僕の中に、六合様の霊力が流れてるから、勘違いしてるんだ……)

どうやら道成は、織也は六合が姿を変えているものと思っているらしい。

と、その時、突然バッと道成が織也に飛びかかってきた。

「な……っ、あ、ぐ……！」

絡みついてきた細い指に、ギリ、と凄まじい力で首を絞められる。

道成の手首を摑んで抵抗しようとした織也は、空を切った手に目を見開いた。

(摑めない……⁉)

愕然とする織也に、道成が高らかに笑う。

『これは愉快！　祠の内からお前の寿命は薄々感じ取っていたが、もはや我に触れることもできぬほど弱っていたとは……！』

「寿、命……？」

道成の言葉に、織也は苦しさに眉を寄せながらも愕然としてしまった。

(そんな……、じゃあ、六合様の霊力が弱まったのは、寿命のせい……？)

二人がいくら手を尽くしても、六合の霊力が元に戻らないのは、そのためだったのだ。

瞳に絶望の色を浮かべた織也を見て、道成がにたにたと、その血の気のない唇に愉悦を浮かべる。

『さあ、どうする、老いぼれ！　あの憎らしい狛犬共も、ここまでは助けには来れぬぞ！　いくら目と鼻の先とて、あやつらはあの鳥居から外へ出れば、消滅しかねんからな……！』

「う……」

一層きつく首を絞められて、織也は苦悶に顔を歪《ゆが》ませた。

（紅葉さん……、楓、さん）

酸欠を起こした織也の視界が、急速に霞《かす》み始める。

白い靄の中、しゃがれた声が鋭く重い痛みとなって織也を襲う。

けれど。

『殺してやる……！　お前の霊力をすべて奪い取って、この地を汚してやる……！』

道成のその言葉にハッとなって、織也はぐっと奥歯を噛みしめた。

（嫌だ……、そんなこと、させない……！）

ギリギリ、と自分の首を絞める道成を精一杯睨みつける。織也は震える手を必死に上げて、骨ばった冷たい道成の手首を、――摑んだ。

『な……っ！　お前……!?』

「織也！」

道成が光のないその目を驚愕に見開いた、その時だった。

「織也様……！」

真っ白な靄を切り裂くように、織也の視界が紅蓮の炎に染まる。

怯《ひる》んで離れていった道成の手から解放された途端、織也はその場に膝をついてゴホゴホと咳《せ》き込んでいた。

「大丈夫ですか、織也様！」

紅の豊かな被毛を有した大きな獣が、織也の傍らに駆けつける。その額には、折れた角が生えていた。

楓だ。

「な、んで……」

胸を喘がせながら顔を上げた織也は、タテガミをなびかせた紅葉が道成に飛びかかる姿に息を呑んだ。

「紅葉さん……っ！」

『グ……ッ、アァアッ！』

紅葉に腕を噛まれた道成が、一瞬で黒い霧に姿を変える。

禍々しい黒い霧に横腹を強《したた》かに打ちつけられ、紅葉はギャンッと悲鳴を上げてその場に倒れ伏した。

それを見るなり、織也の体を支えていた楓が駆け出す。

「兄者……っ！　道成、貴様……！」

「楓さん、駄目……！」

低い唸り声を上げ、紅の疾風のように黒い霧に襲いかかった楓が、霧の一部に噛みつき、やはり横腹を強打されてドッと倒れ込む。

しかし、二人は道成に確実に手傷を負わせていた。

『ク……、この、犬共めが……！』

黒い霧から現れ出た道成が、片手でもう片方の腕を押さえてよろめく。

狛犬たちは、ぜいぜいと荒い息をつきながらも半身を起こし、ウウウ、グルル、と絶えず威嚇の唸りを上げ続けていた。鋭い瞳の奥には、苛烈《かれつ》な怒りの炎が燃えたぎっている。

不利を悟ったのだろう、道成は鋭く舌打ちすると、再び黒い霧にしゅるっと姿を変えた。

禍々しい唸り声を轟《とどろ》かせ、そのまま神社の裏山の方へと凄まじい勢いで飛び去っていく。

空を睨んだ狛犬たちは、追いかけようと身を起こし、ドッと再びその場に倒れ伏した。

「紅葉さん……っ、楓さん！」

駆け寄った織也は、息も絶え絶えの二匹に瞳を潤ませた。

二人に外傷はほとんどない。けれどその息は、境内で傷つき倒れていたあの晩のようにひどく荒い。おそらく、霊力を激しく消耗しているのだろう。

「どうして……っ、どうして出てきたんですか⁉　敷地の外に出るには、霊力を消耗するって……！」

消滅しかねない、と道成が言っていたことを思い出して唇を噛んだ織也に、紅葉がその瞳を細めて言う。

「……誓ったから、ね……。織也を守るって……」

「ご無事、ですか……、織也様……？」

懸命に頭を上げて織也を見つめてくる楓を、織也は大声で叱りつけた。

「駄目です、動かないで……！　そこで待ってて下さい……！」

「織也……？」

ぼろっと零れた涙を袖口《そでぐち》でぐいっと拭って、織也は紅葉の前足を肩に担いだ。

大きな犬の姿の紅葉を背負うようにして、必死に坂道を上がる。

二人は神社の敷地の中なら、神様の霊力を受け取って回復することができる。

だったら、なんとしても彼らを連れて帰らなければ。

「無茶、しないでって、言った、のに……っ！」

大きな獣を半ば引きずるようにしながら、それでも歩みをとめず神社を目指す織也に、紅葉が呻《うめ》くように言う。

「……無理だよ、織也……。下ろして……」

「嫌、です……っ！」

ぼろぼろ、ぼろぼろと零れる涙もそのままに、織也は叫び返した。

「僕も、約束、しました……っ！　できる限りのこと、するって……！」

「織也……」

苦しげに呻いた紅葉を、よろよろとおぼつかない足取りでどうにか母屋まで運ぶ。ドサッと縁側に紅葉を下ろした織也は、息つく暇もなく坂道を駆け戻った。

「楓さん！　動かないでって言ったのに……！」

織也の姿を見た途端、這って近寄ってこようとする楓を押しとどめ、織也は紅葉の時と同じように楓を肩に担いだ。

「織也、様……、織也様……」

「楓、さん……っ、ここに、います、から……っ！」

もうほとんど意識はないのだろう。譫言《うわごと》のように織也を呼ぶ楓を背負って、一歩一歩、進んでいく。

足が重い。

肩が痛くて、腕が痺れて、このまま潰れてしまいそうな気すらしてくる。

でも、二人を助けるためなら、どんな苦痛も引き受ける。

紅葉と、楓が助かるなら。

（助ける、絶対……！）

心の中でそう念じながら、織也はひたすらに坂道を上がった。

呑み込まれそうな夕闇を、涙の滲む目で強く、強く睨みながら。


ドサッと楓を縁側に下ろして、織也は二匹の間にへたり込んだ。

ぜいぜいと胸を喘がせ、額に滲む汗を手の甲でぐいっと拭う。

（手当て……、でも、傷はないし……）

大きな獣姿の二人は、ぐったりと目を閉じて横たわっている。敷地内に帰ってきたにもかかわらず、その呼吸はひどく荒い。

（霊力の消耗が激しいんだ……、僕の精気を分けてあげないと）

織也は急いで屈み込み、楓の口にくちづける。懸命に舌を絡めようとするが、大きな獣の舌は力を失ったままで、まるで応えようとしない。紅葉にも同じようにくちづけてみるが、同じく反応はなかった。

「どうしよう……、他に体液、……血とか」

慌てて部屋に上がり、織也はカッターナイフを取ってくる。指先をピッと刃で傷つけ、ぷっくり膨れ上がった血を紅葉の口元に近づける。

――と、すん、と匂いを嗅いだ紅葉が、弱々しい動きで舌を伸ばしたかと思うと、織也の指先に滲む血をぺろりと舐めた。

「あ……」

ふう、と紅葉の呼吸が落ち着き、うっすらと目が開く。

「お、りや……」

「よかった……っ、ちょっと待ってて下さい、楓さんにも……っ」

織也はいったん手を引くと、隣の指先をカッターで切って、楓にも血を与える。ぺろ、と織也の血を舐めた楓もまた、見る間に呼吸が楽そうになって、織也はほっと安堵した。

（よ……、よかった、血でも効果あった……）

二人が回復するまで、もう少し血をあげた方がいいだろう。

再びカッターを手に取ろうとした織也だったが、そこで背後から唐突にうなじをぺろりと舐められた。

「ひゃ……っ、えっ、く、紅葉さん⁉」

体をひねって振り返ると、獣姿の紅葉が背後に座り込んでいた。その漆黒の瞳は、まるで熱に浮かされたように潤み、ぼんやりしている。

「織也……」

「え……、あ、んむっ⁉」

名前を囁かれたと思った途端、唇を塞《ふさ》がれて、織也はびっくりして目を見開いた。すぐに潜り込んできた大きな舌に、口の中がいっぱいになってしまう。

「む、う……っ、ううっ⁉」

息苦しくて、思わず抗おうとした織也だったが、手を上げようとしたところで動かないことに気づく。

横目で見ると、楓がその前足で織也の手を押さえ込んでいた。大きな舌を血の滲む指先に這わせ、夢中で舐め取っている。

「織也、様……、織也様、もっと……」

「ん、う、う……」

紅葉と楓が自分の精気を求めているのだと気づいて、織也は抵抗をやめ、体の力を抜いて彼らに身を任せた。大きな二匹の獣はほとんど理性を失っているようだったけれど、二人だから怖くはない。

「ん……」

口を開き、手を開いて舐めやすいようにしてやると、狛犬たちはますます夢中で織也の体液を貪《むさぼ》ってきた。人間のそれより大きくて、絹のように滑らかな熱い舌に口腔をなぞられ、指先を丁寧に舐められる。

「ん、は……」

長いくちづけが解かれ、織也は呼吸を整えながら空いた手で紅葉のタテガミをぽふぽふと撫でてやった。血がとまったのだろう、ちょうど楓も織也の手から顔を上げる。

「二人とも、ちょっと待ってて下さい。今、もうちょっと血を……、えっ、うわっ」

楓の鼻先を指の背で撫でて言った織也だったが、その時、紅葉が前足を織也の肩にかけてくる。ころんと仰向《あおむ》けに転がされて、織也は驚いて目を瞬《しばた》かせた。

「織也……、いい匂いがする……」

「え……、あ……っ」

どこかぼんやりとした瞳のまま、紅葉がそう呟いて、織也の首元に鼻先を近づけてくる。黒い獣の鼻ですんすんとそこを嗅いだ紅葉に、織也は頬を赤らめた。

「あ、汗かいたから……っ、ちょ……っ、紅葉さんっ⁉」

織也の首筋をひと舐めした途端、紅葉はグルル、と歓喜するような唸り声を上げ、ぺろぺろと丁寧に肌を舐め始めた。くすぐったいような、むず痒《がゆ》いような舌に、織也は慌てて紅葉の鼻先をどけようとする。

「ま、待って、汗なんか舐めないで……っ、今血を……！　ひあっ⁉」

けれど、紅葉を制止するより早く、ぺろっと腹を舐められる。捲《めく》れたTシャツの隙間に顔を埋《うず》めているのは、楓だ。

「やっ、楓さ……っ、あっ、な、あ、あ……っ」

鼻先でぐいとTシャツの裾を捲り上げた楓が、真っ白な織也の腹を大きな舌で舐めてくる。

窪《くぼ》んだ臍《へそ》に潜り込もうとするかのようにぐりぐりと舌を這わされて、織也はじんとその奥が痺れるような感覚に混乱した。

「だ、め……っ、楓さ、あ、あ……！」

楓をとめようとすると、今度は紅葉が喉元を舐め、鎖骨を舌でくすぐり出す。一体どっちを先にとめればいいのかと混乱している間に、二匹の獣は織也の胸元を舐め始めた。ぐいぐいとTシャツを鼻先で押し上げ、大きな舌で胸の先の尖りを舐め上げてくる。

「ひ……っ、う、や、そこ、やぁ……！」

両の乳首を同時に舌で押し潰され、じわんと走った甘ったるい痺れに、織也は必死に頭を振った。けれど、二人はすっかり理性を失っている様子で、まるでやめる気配がない。

「や、あ、ひん……っ」

織也がびくびくと腰を震わせて身悶《みもだ》えると、二人はウウウ、と喜ぶように喉を鳴らしてますます熱心にそこを舐めねぶってくる。ぷっちりと尖った胸の粒を獣の滑らかな舌で転がされる度、じんじんと蜜のような快感が走って、堪えようとするのに気持ちがよくて。

「織也様……」

「あ、ぅん……っ、ん、んんう」

甘い口気に誘われるように、顔を上げた楓が織也にくちづけてくる。楓がその大きな舌で口腔に溜まった蜜を懸命に舐め取ろうとしているのが分かって、織也は歯列を開いてそれを許した。

くちゅくちゅと口の中をかき混ぜる舌に、自分の小さな舌を絡めて応えていると、不意に下肢になにかが触れてくる。薄目を開けて見ると、紅葉が口で器用に織也のハーフパンツのボタンを外していた。

「んんっ、や……っ、紅葉さ……っ、あ、ひぅぅっ！」

慌てて楓から顔を背けて身を起こそうとするより早く、紅葉が織也の下着ごとハーフパンツをずり下げてしまう。

ふるりと零れ出た性器をぺろりと舐められて、織也はびくっと体を震わせた。

「ん……！　や、駄目……っ」

あっという間に硬くなったそれを、紅葉がぺろぺろと舐め出す。獣の舌で愛撫《あいぶ》される初めての感覚に息を詰めた織也だったが、織也を求めるのは紅葉だけではなかった。

「織也様、俺も……」

キュンキュンと乞《こ》うように鼻を鳴らした楓が、紅葉と一緒に織也の性器を舐め出す。とろんと先が濡れると、二匹は争うようにして織也の蜜を舐め取っていった。

「や、ひぁ……っ、あ、あ……」

大きな舌に左右から交互に舐め上げられる度、花茎が頼りなく揺れる。

ひっきりなしに舐められる強烈な快感に、思わずきゅっと足を閉じて身を捩ろうとすると、

紅葉がそれを許さないというかのように太腿の間に鼻先を突っ込んできた。グルル、と喉を鳴らしながら内腿《うちもも》を甘く噛み、蜜袋にまで舌を這わせてくる。

力強い舌に、やわらかい膨らみを、張りつめた性器を舐め回されると、押し出されるようにとめどなく透明な蜜が、甘い声が溢れてとまらなくなる。

「う、や、ひううっ、う、う……」

楓の舌先に先端の小孔をぐりゅぐりゅと舐《ねぶ》られて、織也は頭を振りながらとろっと雫《しずく》を零した。滴り落ちてきたその蜜を追いかけるように、紅葉が織也の足を前足で押し開き、後孔の襞にまで舌を這わせてくる。

「ひ、あ、ううぅっ、や、そこ……っ、や……っ！」

ぐりぐりと入り口を押し開こうとする舌が怖いのに、まだ触れられていない内筒がじんと痺れてしまう。

そんな大きい舌入らない、壊れちゃう、と頭ではそう思っていても、紅葉に教えられたあの場所が、まるで欲しがるみたいに疼いて。

「あ、あ……っ、やっ、紅葉さ……っ、楓、さ……っ！」

楓の大きな舌が、織也のそこを包み込むようにしてぐちゅぐちゅ擦り立ててくる。

二匹の獣に敏感な箇所をあますところなく舐め尽くされ、味わわれて、恥ずかしいのに、どうしようもなく昂《たかぶ》っていく体がとめられない。

舐められている花茎が、窄まりが、ひくひくと淫らに震えて、熱く濡れて。

「や……っ、も、もう、で……っ、出ちゃう……っ」

きゅうっと足の先を丸めて悲鳴のような声を上げた織也に、紅葉と楓が先を争うようにして花茎にむしゃぶりついてくる。

二つのぬめる舌でひくつく割れ目を激しく舐め立てられて、織也はたまらず精を放っていた。

「あっ、ひっ、あ、あ、あ！」

ぴゅく、ぴゅっと溢れ出る端から、ぴちゃぺちゃと奪い合うようにして白蜜を舐め取られる。グルグルと満足げに喉を鳴らしながら、熱い舌で執拗《しつよう》に織也のそこを舐め清めていた二匹の獣だったが、次第にその瞳が焦点を結び出す。

「ん……、織也……？」

「お、織也、様……」

顔を上げた狛犬たちと視線が合って、織也はほっと息をついた。どうやら霊力が満ちた二人は、なんとか理性を取り戻してくれたらしい。

「……大丈夫ですか、二人とも」

甘ったるい気怠さに少し頬を赤らめながら、織也は身を起こして服の乱れを整えた。

呆然としていた狛犬たちが、顔を見合わせ、しゅんとうなだれる。

「……すまない、織也。怖かっただろう……？」

「何度も嫌と仰《おっしゃ》っていたのに、我らはまた……っ」

力なくミミを伏せ、頭を垂れて座り込んだ二人に、織也は苦笑しながら抱きついた。

「大丈夫ですよ。……二人とも、無事でよかった」

大きな狛犬たちを、両腕をめいっぱい広げて同時に抱え込む。紅蓮の豊かな被毛に顔を埋めて、織也は呟いた。

「無茶させて、ごめんなさい。助けにきてくれて、ありがとう」

織也、織也様、と二人が呟く。

とくとくとあたたかな鼓動がどちらからも伝わってきて、織也は思わずふかふかの被毛をぎゅっと抱きしめていた。

(……やっぱり、二人とも好きだ)

失いたくないし、もう二度と、傷ついてほしくない。

「……もう、あんな無茶なことしないで下さいね」

お願いだから、とそう告げた織也だが、二人はその言葉に身を強ばらせる。

「……ごめん、織也。それは、約束できない」

「え……」

「申し訳ありません、織也様。……我らは道成を、倒さなければ」

す、と離れていく二人に、織也は戸惑った。

「ど、どうして……？　だって道成は、さっき……」

「あの程度では、道成は倒せない。……奴は手傷を負っていったん退却しただけだ」

織也を遮って、紅葉が目を伏せる。楓がその続きを引き取った。

「道成は六合様のお力で封じていました。奴が出てきたということは、その封印が解けたということです。封印が解けたということは、……六合様のお力が、ついに尽きたということ」

「尽きたって……、まさか、消滅したってことですか!?」

青ざめた織也に、紅葉が悔しげに頷く。

「ああ、おそらくは。……どうやら六合様はもう、寿命だったようだ」

「……六合様は古くからおわす神様でした。そのお力も強く、永遠にも等しい命をお持ちでしたから、我らもすっかり寿命などないもののように思ってしまっていましたが……」

そうではなかったのです、と楓が俯く。

漆黒の瞳を悲しそうに潤ませた彼らに、織也は胸が痛くてたまらなかった。

今まで心を砕いて、なんとか六合様に霊力を取り戻してもらおうとしていた二人にとって、それを認めるのはどれだけ辛い事だろう。

「……っ、紅葉さん……、楓、さん……」

かける言葉が出てこなくて、織也は代わる代わる二人をぎゅっと抱きしめた。

（神様が消滅したら、二人は……）

その先を想像したくなくて、強く強く目を瞑って紅葉のタテガミに額を押しつける。けれど、当の彼らはもうそれを覚悟しているようだった。

「……オレたちも、今はまだ、さっき織也からもらった霊力で存在していられる。でも、この霊力が尽きたら、……消滅してしまうだろう」

静かにそう告げる紅葉の言葉を聞きたくなくて、織也は必死に頭を振る。

「い……、嫌です、そんなの……っ、どうにか、……っ、どうにかならないんですか⁉」

「織也様……、これはもう、仕方がないことで……」

「仕方がないなんて、簡単に諦めないで下さい……！」

目を伏せて言う楓を遮って、織也は二人を交互に見比べて訴えた。

「きっと、……きっと、なにか手はあります。僕の霊力なら全部あげますから、だから……！」

（……嫌だ）

こらえようとしても、顔がくしゃりと歪む。

（嫌だ……、嫌だ、二人がいなくなるなんて、嫌だ……！）

ぎゅっと拳を握りしめ、目頭が熱くなるのを必死にこらえようとしていた織也だったが、紅葉と楓は困ったように顔を見合わせると、織也の目元を左右から舐めてきた。

「……ありがとうございます、織也様。けれど、もう十分です」

「楓さん……、でも……っ」

「織也の霊力を全部もらったら、織也の身がもたないからね。気持ちだけ、ありがたくいただくよ」

二人の優しい声音に、織也は思わず叫んでいた。

「っ、僕は、どうなったっていいです……！　二人が少しでも長く存在してくれるなら、それでいい……！」

「……駄目だよ、織也。いくら君の願いでも、それは叶えられない」

目を細めた紅葉に、たしなめられる。

「オレたちはこの霊力が尽きる前に、道成を倒しに行く。そうしなければ、この地は再び道成に汚されてしまうからね。……奴が手傷を負っている今なら、勝てるかもしれない」

「……『勝たなければならない』だ、兄者。我らはこの地を守護する狛犬。なにより、織也様をお守りするとお誓いしたのだから」

眦《まなじり》を決した楓に、紅葉が頷く。

「ああ、そうだな。……織也」

豊かなタテガミを一振りし、紅葉は織也のこめかみに鼻先を擦りつけてきた。

「……君に出会えてよかった。おかげでオレたちは、狛犬として使命を果たすことができる。オレたちが道成に立ち向かえるのは、君のおかげだ。ありがとう、織也」

「な、にを……、なにを言うんですか！　そんなこと言わないで下さい……！　そんな、これでお別れみたいなこと……！」

　零れそうな涙を必死にこらえて言う織也に、楓が困ったように言う。

「……お別れなのです、織也様。でも、お約束します。命に代えても、我らがこの土地を、織也様をお守りします。道成を倒します……！」

「い、命になんて代えないで下さい……！　そんな約束、嬉しくありません……っ！」

「織也様……」

　ミミを伏せた楓が、紅葉と同じように、反対側のこめかみに鼻先を擦りつけてくる。

「……申し訳ありません。けれど、我らに狛犬としての誇りを思い出させてくださったのは、他ならぬ織也様です。その織也様をお守りせずして、のうのうと生きながらえることなど、我らにはできません……！」

「楓、さ……」

　楓の瞳に浮かんだ固い決意に、織也は言葉を失ってしまう。うろたえた織也は、楓から紅葉に視線を移して、ますますなにも言えなくなってしまった。

　紅葉もまた、その瞳に楓と同じ、強い決意を浮かべていたのだ。

　織也、と静かに紅葉が切り出す。

　その声はいつも通り、穏やかだった。

「オレたちはもう、長い時間を生きてきた。だから、織也が悲しむことはなにもないんだよ。最後に織也に会えて、同じ時を過ごせて、本当に幸せだったんだから」

「織也様の作ってくださったおにぎりもお味噌汁も、全部美味しかったです。俺も、織也様と過ごせて幸せでした。……どうか、織也様もお幸せに」

一つ一つ、言葉を噛みしめるようにして告げた楓が、そっと織也から身を離す。

「ま……、待って……、待って下さい……っ、紅葉さん、楓さん……！」

とめようとした織也を振り切って、二人は紅の尾を翻し、タッと縁側へと駆けていってしまう。

宵闇に浮かんだ望月を見上げた二匹の狛犬は、漆黒の瞳を眇めると、オォオーン、と長く遠吠えを鳴き交わし、縁側から飛び降りた。慌てて後を追いかけた織也だったが、二人の姿は紅蓮の旋風のように、あっという間に庭から消えてしまう。

――シン、と一瞬の静けさの後で、鈴虫が鳴き出した。

リーン、と響き始めた音色に、織也は縁側にへたり込んでしまう。

まるで、何事もなかったかのようだ。

あまりにも穏やかで、最初から彼らの存在自体が夢か幻だったかのようで――。

「……違う」

ぎゅっと拳を握りしめ、俯いた織也は、必死に考えを巡らせた。

なにもなかったなんて、そんなことはない。

紅葉は、楓は、夢でも幻でもない。

二人と一緒に過ごした思い出は、二人への想いは、ちゃんと織也の中にある。

(考えなきゃ……、どうしたら二人を助けられる？　僕はどうしたらいい？)

きっと二人は、道成の元へ、あの祠のところへ向かったのだろう。

けれど、なんの考えもないまま後を追いかけても、足手まといになるだけだ。

自分が行ったら、道成は確実に織也を狙うだろう。

狛犬たちは織也を庇おうとして、不利になるかもしれない。

(二人の足を引っ張りたくない……、でも……！)

痛いほど唇を噛みしめ、なにか手だてはないのかと懸命に縁側を睨みつける。

——と、その時だった。

「……織也、と言ったかな」

庭先から、しゃがれた声が聞こえてくる。

パッと顔を上げた織也は、思わず目を瞠った。

「え……？　う、兎《うさぎ》……？」

いつからそこにいたのだろう、庭先に一匹、真っ白な野兎が佇んでいたのだ。

その小さな体は、星屑のような無数の光に包まれており、一目で普通の野兎ではないことが分かる。

おそらく先ほどの声は、この野兎から発せられたものだろう。

長いミミをふるりと振った野兎は、後ろ足で立ち上がると、織也の方を見てひくひくと鼻を蠢かせて言った。

「こうして会うのは初めてだのう。私は、六合と言う」

「え……」

目を瞠った織也は、慌てて縁側から降り、脱ぎ捨てていたスニーカーをつっかけて、兎の前に座り込んだ。

「本当に……、本当に六合様、なんですか……!?」

勢いよくそう聞いた織也に、兎が鼻をひくつかせて目を細める。

「いかにも。この薄野神社の神、六合とは私のこと」

「でも、……でも、紅葉さんが、六合様は消滅したって……」

どうして今こんなところに、と呆然とした織也だったが、兎の姿をした六合は、静かに頷いて織也の言葉を肯定した。

「ああ、私は確かに消滅しかけていた。だが、天へ召される前に、愛するこの地を今一度目に焼きつけておこうとしたその時、狛犬たちがここを飛び出して行くのが見えたのだ。そして、どうしてもお前に頼みたいことができて、こうして会いに来た」

「僕に……？　な、なんでしょう。僕にできることですか……？」

今しもその命を終えようとしていた神が、自分になんの頼みだろうと、織也は緊張に身を強ばらせる。うむ、と六合が頷いて言った。

「お前でなければならぬ。ここ最近、お前が紅葉たちとこの神社のために奔走していてくれたことは、私も知っている。だからこそ、お前に頼みたいのだ」

ふう、と息をするのも辛そうに一つため息をついた六合は、織也をじっと見つめながら切り出した。

「……どうか、道成を再び祠に封じ、あの二人を助けてやってほしい。あやつらは、狛犬。道成には、決して勝てぬのだ」

「え……、か、勝てないって……」

「いくら落ちぶれようと、かつて道成は神としてこの神社に奉られていた男。神に仕える狛犬である紅葉と楓が命と引き替えにと挑んだところで、倒すことも封じることも叶わぬ。……二人はそうと分かっていて、それでも狛犬としての勤めを果たそうとしているのだ」

沈んだ声でそう告げる六合に、織也はぎゅっと拳を握りしめる。

「そんな……、じゃあ、二人はこのままじゃ、本当に……」

今すぐ二人の元に駆け出したい衝動をぐっと堪えて、織也は六合に身を乗り出した。

「……教えて下さい。僕なら、道成を封じることができるんですか？」

六合はさきほど織也に、道成を再び祠に封じてほしい、と言った。

あの二人を助けてやってほしい、と。

それはつまり、二人は道成に勝てないが、織也ならば道成を封じられる可能性があるということだ。

「お願いします、六合様。二人を助ける方法があるなら、教えて下さい……！」

勢い込んでそう聞く織也に、六合は躊躇うように目を伏せた。

「……教える前に、ひとつ聞きたい。神を封じるということは、大きな代償が伴うもの。ましてやお前は人の身だ。失敗したらまず間違いなく命はないし、たとえ成功したとしても、どうなるかは私にも分からぬ。それでも……」

「っ、構いません！　今、道成を封じないと、またこの地が汚されてしまうんでしょう⁉　それに、紅葉さんと楓さんを助けられるのなら、僕はどうなったって構わない……！」

だから、となりふり構わず、必死に懇願する。

「僕も、僕にしかできないことから、逃げたりしたくないんです……！」

六合は、紅葉と楓は勝てないと分かっていて道成に戦いを挑んだと言った。

それが、狛犬としての彼らの勤めであり、使命であり、誇りだからだ。

織也も、すべてを知る人間として、六合の霊力を有する者として、すべきことをしたい。

二人を、助けたい。

「……どうやら、老いぼれじじいが最後の力を振り絞ったかいがあったようだ」

目を細めた六合が、厳かに告げる。

「内陣の神棚に、封印札が保管されておる。それを、祠に貼り直すのだ。さすれば道成は祠に再び封印される」

「はい……！」

頷いた織也に、六合がぴょこっと近寄ってくる。

「道成はお前を祠に近づけぬよう、邪魔立てしてくるだろう。……お前に私の最後の加護を授けよう。これで道成は、お前に気づきにくくなるはずだ」

そう言って目を閉じた途端、六合を取り巻いていた金色の光が織也へと流れ込んでくる。

星屑のように清らかな光は、ヴェールのように織也を包み込み、きらきらと煌《きら》めいた。

ふう、と大きくため息をついて、六合がしゃがれた声で告げる。

「……これで、月が出ている間は、道成がお前の気配に気づくことはあるまい。ただし、姿形が見えなくなる訳ではないし、声を立てればすぐに気づかれる。物陰に隠れながらうまく近づくのだ」

「ありがとうございます……！」

「礼を言うのは私の方だ。この土地に生きる万物はみな、私の子供のようなものだが、あの二人はいわば最愛の息子。……どうしても、守ってやりたくてな」

そう言った六合の体が、すう、と薄く透け始める。

織也は目を瞠って、慌てて六合に手を伸ばした。

「六合、様……っ」

けれど。

「……紅葉を、楓を、頼む。この地を、どうか……」

ふるりと長いミミを揺らして、六合は完全に消えてしまう。

「あ……、……っ」

織也はぎゅっと拳を握りしめると、すっくとその場に立ち上がった。

六合の佇んでいたその場所を見つめ、呟く。

「……はい、必ず。必ず、守ります……！」

スッと顔を上げて、織也は内陣の鍵を取るべく、部屋に駆け込んだ。

深い紺色の夜空には、金色に優しく光り輝く、大きな大きな満月が浮かんでいた――。


林道の途中で聞こえてきた獣の唸り声に、織也はぐっと眉を寄せて一層速く地を蹴った。

その手には、内陣から取ってきた封印札が握られている。古ぼけた小さな紙片が、今は唯一の希望だった。

（お願いだから、間に合って……！）

祈るような気持ちでそう思いながら、織也は林道の脇の獣道に分け入った。茂みに足を取られそうになりながらも進むと、木々の間から燃えるような赤が見え隠れし始める。

緋色のそれは、一面に咲いた曼珠沙華と――。

（紅葉さん……っ、楓さん……！）

グルルルッと唸り声を上げて、狛犬たちが道成に飛びかかるのが見える。月光に煌めいた白刃のような牙《きば》と爪はしかし、道成を捕らえることは叶わず、空を切った。

「下等な獣めが、私に逆らいおって……！」

真っ黒な霧となって逃げた道成が、再び人の姿を取り、両手で印を結び始める。

「……前！」

素早く九字の印を結んだ道成の背後から、無数の黒い影が飛び出し、狛犬たちに襲いかかる。礫《つぶて》のようなそれを、跳びすさって避《よ》け、噛み千切って撃退していた狛犬たちだったが、道成はその隙に懐から人型の紙片を一枚取り出すと、おどろおどろしい声で強く命じた。

「急急如律令《きゅうきゅうにょりつりょう》、呪符退魔《じゅふたいま》……！」

次の瞬間、風もないのに人型の紙片が激しく打ち震え、瞬く間に上空に舞い上がる。旋回しながら急降下してきたその紙片は、一瞬で真っ黒な烏《からす》に姿を変え、その鋭い嘴《くちばし》と爪とで二人を攻撃し始めた。

バサバサと烏が舞う度、ウウッ、グルルッと狛犬たちが苦痛の声を上げる。

「やめ……っ」

思わず大声で制止しかけて、織也は口を噤《つぐ》んだ。ここで声を出したら、折角六合が授けてくれた加護が無駄になってしまう。

(でも、どうしたら……っ)

あの石の祠は、開けた野原の先にある。六合は物陰に隠れながら近づくようにと言っていたが、身を隠せるような場所などない。

(なんとかして、あの祠まで姿を見られずに近づかないと……)

唇を噛んだ織也は、そこでハッと顔を上げる。

最初にこの場所を見つけた時、織也は林道を踏み外して、崖から落下した。

そこからもう少し先の林道から飛び降りれば、道成に見つからずにあの祠の前に行けるかもしれない。

(……っ、待ってて、紅葉さん、楓さん……!)

織也は踵《きびす》を返すと、獣道を駆け戻った。細い林道を走り抜け、位置を探る。

最初に落ちた時よりも高低差があるだろうし、チャンスは一度きりだ。茂みの下からは、激しく争う唸り声や風切り音が聞こえてきて、気持ちばかりが焦ってしまう。

（大体、この辺り……？　いやでも、もうちょっと先まで行った方が……）

荒く息を切らせながら、必死に下の気配を窺《うかが》っていた織也だったが、その時、ギャンッと大きな悲鳴が続けざまに二つ、聞こえてきた。

息を呑んだ織也の真下から、くくく、と低い笑みが響いてくる。

——道成だ。

「……のう、阿吽よ。私の式神となれば、命ばかりは助けてやるぞ？」

攻撃の手をゆるめたらしい道成が、二人に語りかける。

「霊力もほとんど枯渇し、消滅しかけている中、ここまでよく戦った。そなたらはそもそも私の狛犬。主の私の元に戻れば、そのような傷などたちまちに癒《い》えよう。兄を、弟を救いたいと思うのならば、私に従え……！」

地を轟かせるような低いその命令に、少し離れた位置から掠れた声が上がる。

「だ……、れが……、お前など、主と認めるものか……！」

「我らの主は、我らが決める……！」

ウウ、グルル、と闘志を剝き出しにして唸る二人に、道成が舌打ちをする。

「強情な……！　六合が死んだ今、他にそなたらが生き残る道などないというのに……！」

二人に近づいて行く道成の気配に、織也はごくりと固唾《かたず》を呑んだ。

もう少し、あと少し道成が離れたら、その時が絶好のチャンスだ。

——けれど、その時だった。

「ん……？」

遠ざかりかけていた道成が、ぴたりと歩みをとめる。

「この気配は……」

訝《いぶか》しげに呟く道成に、織也はハッとして上を見上げた。

深い紺色の宵闇に、薄く雲がたなびいている。

ゆっくり、ゆっくりと雲が望月を覆い隠して——。

「そこか……っ！」

「……っ！」

道成の叫びが聞こえた途端、茂みを突き抜けてきた真っ黒な霧が織也の首に絡みつき、恐ろしいほど強い力で引きずりおろされる。ズザザザッと茂みを抜けた織也は、首を絞める霧によって道成の目の前に宙づりにされていた。

「う……っ、ぐ……！」

「織也様っ！」

「織也……！　何故ここに……!?」

倒れ伏していた二人が、慌てて身を起こそうとするのを察知して、道成が疾《し》ッと黒い霧を放つ。禍々しい霧は、まるで巨大な手のように紅蓮の狛犬の背を上から押さえつけた。

「く……っ、この、離せ……！」

「お前たちはそこでおとなしくしていろ」

もがく狛犬たちにフンと鼻を鳴らし、道成は織也の手に握られた封印札に視線を移す。

「……これで私を封印しようと思ったか。忌々しい……！」

端整な顔を歪めた道成が、織也の手から札を毟《むし》り取ろうとする。しかし、指先が触れかけたその瞬間、札はバチバチッと強い光を放ち、道成の手を弾《はじ》いた。

「ぐ……、六合め、あらかじめこの札にも細工をしておったか……！」

底のない洞のような目をカッと見開き、道成が織也を憎々しげに睨んでくる。

「その札を離せ、小童《こわっぱ》！」

「い、やだ……っ、う……！」

睨み返した途端、ギリッと首を絞められる。苦悶に呻きながらも札を離さない織也に、紅葉と楓が叫んだ。

「織也、言うことを聞くんだ……！　人間の君に、勝ち目はない……っ！」

「織也様……っ、どうか、札をお離し下さい……！」

自分の身を案じてくれる二人に、織也は息も絶え絶えに訴えた。

「い……、や、です……っ、ぜった、い、嫌……！」

今ここで自分が屈したら、道成を封じられる者は誰もいなくなってしまう。

二人を助けられる者は誰も、いなくなってしまう。

「り、くご……、様、と、約束、し……っ」

「……織也」

「助け、る……、て……っ、まも、る……、って……！」

「織也、様」

織也の言葉を聞いた二人が、表情を険しくする。

「……兄者」

「ああ、……分かってる」
ウ、ウ、と唸り出した彼らの紅蓮の被毛が、まるで燃え盛る炎のように逆立ち、揺らめき出す。渾身《こんしん》の力を振り絞ったのだろう、黒い霧を押し上げて立ち上がった彼らに、道成が目を瞠った。
「な……っ、どこにそんな力が……⁉」

ひるんだ道成に、霧を振り払った狛犬たちが飛びかかる。慌てて織也から霧を退いた道成だったが、その一瞬の隙を、紅葉と楓は見逃さなかった。

「ぎ……っ、うあぁああっ！」

道成の腕に、首筋に、鋭い牙が突き刺さる。

地面に投げ出された織也は、激しく咳き込みながらも封印札を握り締めた手を祠へと必死に伸ばした。

「やめろぉおっ！」

鬼のような形相で、道成が襲いかかってくる。

けれど。

「……っ、織也、今だ……！」

「織也様……！」

二人の声に後押しされるように、織也は祠に札を叩きつけた。

その、次の瞬間。

「ア、アァア、ア、ア……！」

絶叫と共に、道成が黒い霧となって祠に吸い込まれていく。

シュウウウ、と霧が封印札へと収束し、シンと辺りが静まりかえる。

——永遠にも思える数瞬の静けさの後、リーン、と鈴虫の声が響き渡った。

「終わっ……、た……？」

へたり込んだ織也だったが、その時、ぐにゃりと視界が歪んだ。

「う……！」

ドサッとその場に倒れた織也の元へ、狛犬たちが慌てて駆け寄ってくる。

「織也……？」

「織也様、どうされたのですか⁉」

「あ……、う……」

覗き込んでくる二人にどうにか答えようとするのに、急速に意識が遠のいていく。

交互に響く呼びかけが遠く、遠く、なって。

フ……、と途切れゆく視界の中、最後に見えたのは二つの赤い、大きな炎だった――。

雨の、匂いがする。

湿った風の、土の、葉の、匂いが。

目を開けると、眼下には青々と生い茂る広大な田畑が広がっていた。

(なんだろう……、まるで、鳥になったみたいだな……)

上空からは、山あいに点在する集落がよく見える。

立ち働く人間、野山を駆ける獣、雨粒に濡れる小さな花。

一つ一つの命の鼓動が、まるで手に取るように胸に迫ってくるようで——。

と、その時、空を覆っていた雨雲がサアッと晴れていった。

雲間から太陽が顔を出し、降り注ぐ陽光に反射した雨粒で、大地がきらきらと輝き出す。

その輝きに誘われるように、体が光と共に大気に溶け始めて、織也は驚いて目を瞠った。

(……鳥になったんじゃない。僕はこのまま、この土地の一部になるんだ……)

怖いけれど、悔いはない。

二人を、この土地を守ることができたのだから。

そう思って、織也は静かに目を閉じ——、聞こえてきた声に、ハッと顔を上げた。

——織也。

誰かが、自分を呼んでいる。

少し掠れ気味の、優しく穏やかな声。

その声に続いて、もう一人の声が響いた。
――織也様。
先程の声によく似た、真摯で情熱的な声。
代わる代わる織也を呼ぶ、二つのよく似たその声は――。

◇　◇　◇

「ん……」

目を開けると、見慣れた天井が見えた。

「織也……？」

「気がつかれたのですか、織也様……！」

左右から聞こえてきた声に、織也はぼんやりと首を巡らせた。

白絹の着流し姿の紅葉と楓が、織也を挟んで畳に座り込んでいる。

「僕……」

意識を失う前の記憶があやふやで、ぼうっとしながら呟いた織也に、楓が今にも泣きそうな顔で問いかけてくる。

「織也様、体はなんともありませんか？　どこか……っ、どこか、痛いところは？」

「目が覚めてよかった……。織也はあれから丸一日、気を失っていたんだよ」

紅葉の言葉に、織也は自分が浴衣《ゆかた》を着せられ、布団に寝かされていることに気づく。

「丸一日って……、っ」

声が喉に絡んで、けほけほと咳き込んだ織也を見て、紅葉が水差しを載せた盆を引き寄せ、コップに水を注ぐ。

「ああ、無理しないで。今、水を。……楓」

頷いた楓が、そっと織也を布団から起こす。楓に背を支えられ、織也は紅葉に促されるま
ま、水を飲んだ。

「……ん、美味しい……」

祖父の家は、井戸水を使っている。清《さや》かな水が、すうっと体に馴染《なじ》むのを感じて、織也は
自分の手を翳《かざ》して見た。

ぐっと握りしめては開き、感覚を確かめる。

どこも痛いところはないし、いつも通り、ちゃんと手も動く。

――でも。

「……僕、もう人間じゃなくなったんですね」

体を取り巻く星屑のような金色の光は、未だに消えていない。

それどころか、水を飲んだ途端、光はほわっと淡く輝きを増した。

それに、心臓の奥深くになにか、不思議な力が渦巻いているのを感じる。

透き通った水のように清浄で、あたたかいそれは、今まで感じたことのないものだった。

「僕は、なにになったんでしょう？　浮遊霊、とか？」

覚悟していたとはいえ、人間でなくなったなんて、やはり怖い。

俯いた織也に、楓が複雑そうな表情で言い淀《よど》んだ。

「織也様……、それは……」

「……それが、そうとも言い切れないんだよ、織也」

立ち上がった紅葉が、ちょっと待ってて、と言いおいて部屋を出ていく。ややあって戻ってきた紅葉の手には、いつも洗面所に置いてある手鏡があった。

「これを覗いてごらん、織也」

「……？　あ……！」

言われた通り、手鏡を覗き込んで、織也は息を呑んだ。

「……映ってる」

左右にいる狛犬たちは映っていないが、織也だけは鏡に映っているのだ。

（どうして……？　だって、紅葉さんが前に、人間でない存在は鏡に映らないって……）

「これ……、どういうことですか？　僕、人間じゃなくなったんじゃ……」

混乱して顔を上げた織也に、紅葉がミミを寝かせ、難しい顔つきで答える。

「いや、君は人間のままだ。……けれど同時に、その身に神の力を宿してもいる。織也はどうやら、人間の身でありながら、この土地の神になったらしい」

「え……!?」

驚いて目を瞠った織也に、楓が頷く。

「……おそらく織也様は、生き神様になられたのだと思います。この土地に、織也様の霊力が満ちているのが分かりますから。我らも、織也様のお力がこの身に流れ込んで来たからこそ、こうして存在できているのです」

「生き神様……、僕が、神様に……？」

織也は目を見開いて、自分の両手をまじまじと見つめた。淡く優しい無数の光の粒は、指先をキラキラと取り巻いている。

確かに、胸の奥に湧き上がるあたたかな力は、今まで加護を与えていた時や、結界を修復していた時よりもずっと強く、普通ではない気がする。

この力が、神としての力なのだ――。

と、ぎゅっと両手を握りしめた織也は、そこで二人が複雑そうな顔でじっとこちらを見つめているのに気づく。

「どうしたんですか？」

首を傾げて聞くと、紅葉が一つため息をついて答えた。

「……オレたちは、織也が土地神様になってくれて嬉しい。だけど、織也はなりたくて神になった訳じゃないだろう？」

眉を寄せ、ミミを伏せた紅葉の反対側で、楓もまた、しゅんとうなだれる。

「織也様は、六合様の花嫁になるのも躊躇っていらっしゃいました。我らを助けるためにこのようなことになって……、後悔されているのでは、と」

どうやら彼らは、織也が生き神となったことに責任を感じているらしい。織也は二人に微笑みかけた。

「紅葉さん……、楓さんも。顔、上げて下さい」

左の楓を、右の紅葉を交互に見つめながら、ゆっくり話し出す。

「確かに僕は、神様になるつもりなんてありませんでした。今も、自分が神様だなんてちょっと戸惑ってるし、正直怖いです。でも、こうなってよかったとも、思うんです」

一呼吸置いて、織也は静かに打ち明けた。

「あのお札のことを教えてくれたのは、実は六合様なんです。六合様は、消滅しかけていたにもかかわらず、道成を封じる方法を教えるために、僕に会いに来てくれました」

「六合様が……!?」

織也の言葉に、二人が驚いたように顔を見合わせる。織也は頷いて続けた。

「狛犬は決して神には勝てない、だから二人を助けてほしいって。……それと、札を貼れば道成を封印できるけど、僕はどうなるか分からない、とも言われました。だから、僕は今、こうして命があっただけでもラッキーなんです」

そう言う織也に、紅葉が戸惑ったように聞いてくる。

「織也……。しかし、君はそうと分かっていて、どうして……」

「……それでも、紅葉さんと楓さんを助けたかったんです」

あの時の覚悟を思いだして、織也はゆっくり瞬《まばた》きをした。

二人を助けるためならなんでもすると思ったあの気持ちは、今も変わらない。

「六合様は最後に、紅葉さんと楓さんを頼むって仰ってました。この土地を守ってほしいって。……僕は、必ず守りますと約束しました」

神様がいなくなった土地は、いずれは廃れてしまう。

六合との約束を果たすためにも、この土地には新しい神様が必要だった。

（それが僕っていうのはびっくりしたけど……）

でも、と織也は顔を上げて二人に笑いかけた。

「……だから、こうなってよかったと思うんです。僕が神様になれば、六合様との約束も守れるから」

「織也様……。六合様と、そんな約束を……」

啞然《あぜん》とする楓と同様に、紅葉もまた、言葉も出ないほど驚いている様子だった。

二人を代わる代わる見つめて、織也は更に打ち明ける。

「……それに、助けられたって言うなら、僕もです」

目を閉じると、すぐにさっき見た夢が思い出される。

「意識を失っていた時、夢を見たんです。鳥になったみたいに、上からこの一帯を見渡した後、体が空気に溶けていく夢でした。多分僕はあのまま、この土地の一部になるところだった。……でも、お二人の声が、聞こえたんです」

「我らの……」

息を呑む楓に頷き返して、織也は顔を上げた。

右手で紅葉の手を、左手で楓の手を取り、漆黒の瞳を見つめ返す。

「紅葉さんと楓さんが呼んでくれなかったら、僕は消えてしまっていました。だから、僕だってお二人に助けられたんです。……ありがとうございました」

「織也……」

「……織也様」

名前を呼んだ二人は、けれど迷うように織也の手を握っては離し、離しては握ってくる。

先に口を開いたのは、紅葉だった。

「……だが、土地神になってしまった以上、織也はもう、この地から長く離れることはできないはずだ。オレたち狛犬のように、敷地から出ただけで霊力を多く消耗するというほどではないだろうが、この土地から離れて生きて行くことはできないと思う」

「……はい、僕もなんとなく、それは分かります」

先ほど水を飲んだ時のことを思い出して、織也は頷いた。

おそらく織也の体は、この土地の水や食べ物に馴染むように変わってしまっている。

他の土地の食物を食べられるかどうかは試していないから分からないが、なんとなく、食欲は湧かないのだろうなと想像がついた。

（きっとそれが、この土地を守る神様になるってことなんだろうな……）

土地神とは、その土地と共に生きていくということなのだろうと、そう考えを巡らせていた織也に、紅葉と楓が眉を寄せて聞いてくる。

「織也は、それでいいの？　秋になったら大学に戻ると言っていただろう」

「それは……」

言い淀んだ織也だったが、続く楓の言葉に思わず大声を出してしまう。

「我らは織也様をお慕いしていますから、ずっと一緒にいられて嬉しいですが、織也様は……」

「え⁉　お、お慕いって……⁉」

目を瞠って聞き返すと、楓が息を呑んで慌てだした。

「は……っ、あ、あの、お慕いというのはつまり、狛犬として……っ！」

どうやら口が滑ったらしく、ミミが忙《せわ》しなくピルピル震えている。

織也が唖然としていると、紅葉が苦笑して、楓を制した。

「本当に嘘が下手だな、お前は。……仕方ない」

長い髪をかき上げた紅葉が、織也に向き直る。

「織也」

「は……、はい」

緊張しながら答えると、紅葉が切れ長の瞳を細めて切り出した。

「……これは、どちらか選んでほしいというものでもないし、このことで君に迷惑をかけるつもりはない。けれど、今後一緒に過ごす上でいつまでも隠してはおけないだろうし、なによりも知っておいてほしいから、言うよ」

そう言った紅葉が、ぎゅっと織也の右手を握ってくる。

少し掠れた低い声は、いつもと同じく、優しく穏やかで、力強かった。

「オレは、君のことを愛している」

「……っ」

息を呑んだ織也の左手も、ぎゅっと握られる。

楓だった。

「……俺も、です。俺も、織也様のことをお慕いしています」

真摯《しんし》で情熱的な声で告げられて、織也は言葉を失ってしまう。

まっすぐこちらを見つめてくる二人の澄んだ瞳からは、これが偽りや冗談でない事が伝わってきて。

(二人が……、僕、を……？)

固まってしまった織也に、紅葉がゆったりと話し始める。

「……最初はただ、助けた子供が成長していくのを微笑ましく思っていただけだった。久しぶりに会った織也は以前と変わらず、ケガをしたオレたちを必死に助けようとする優しい心の持ち主で、この子こそ神様の花嫁にふさわしいと思った。……けれどいつの間にか、オレたち自身が織也に惹《ひ》かれてしまっていた」

兄の言葉に頷いて、楓が続きを引き取る。

「織也様は、我らのことをモノ扱いせず、曇っていた我らの目を開かせて下さいました。織也様にお仕えしたい、お守りしたいと、その思いに偽りはありません。ですが同時に、それ以上を望むようになってしまったのです。お仕えするだけでは足りぬ、織也様の特別になりたい、たとえ相手が六合様であろうと、織也様だけは誰のものにもなってほしくない、と」

織也の手を一層強く握って、楓がバツが悪そうに俯く。

「……最初に織也様にくちづけた時、あれは本当は、織也様があまりにお可愛らしくて、想いを抑えきれなかったのです。もちろん、霊力が枯渇してもいましたが……、でも、俺のために必死に恥ずかしいのを我慢して、夜伽の修行をと言う織也様を、どうしても俺のものにしたくて」

「楓さんの、って……」

真っ赤になった織也だったが、楓の反対側から紅葉が追い打ちをかけてくる。

「夜伽の修行の範囲を超えてしまったというなら、オレもそうだ。少しでも織也に触れたくて、修行にかこつけて強引に迫ったことは否めない。織也にとっては、オレたちを霊力の餓えから救うために仕方なく許した行為だったろうが……」

すまない、と謝る紅葉に続いて、楓も申し訳ありませんと頭を下げてくる。

織也は慌てて首を横に振った。

「そ……っ、そんなことありません……。僕こそ、お二人にキスされる度に、二人にとっては霊力の供給のために必要な行為なんだろうけど、僕にとっては、って考え込んでました。だって、……だって、本当に嫌だったら、別の方法はいくらでもあったから」

二人の手をぎゅっと握り返して、織也は呼びかけた。

「紅葉さん。……楓さん」

緊張で指先が震えているのに気づいたのだろう、二人が戸惑ったようにこちらを見つめてくる。

こく、と喉を鳴らして、織也は二人に想いを告げた。

「僕も、好きです。……僕にとってお二人は、同じくらい大切なんです」

不真面目なのに優しい、紅葉のことも。

生真面目で不器用な、楓のことも。

「二人を同時に好きになるなんて、僕、変なのかもしれない。でも、どうしても、僕にとっては二人ともが特別で、二人以外の人にこんな気持ちにもなれないんです」

これが正解なのかなんて、分からない。

こんなことを二人に打ち明けていいのかどうかも。

好きな相手から、誰かと自分を同時に好きになったと言われても、普通は嬉しくないだろう。自分だけを好きになってほしいと、そう思って当然だ。

でも、自分に想いを告げてくれた二人に、好きになったこの二人に、嘘はつきたくない。

いつもまっすぐ向き合ってくれた二人に、自分もまっすぐ向き合いたい。

「僕にとっては紅葉さんも楓さんも、どちらも同じように大事な人です。僕はお二人を、同じように好きになってしまったんです。……ごめんなさい」

浮気性と詰《なじ》られても仕方がないし、身勝手すぎると嫌われても仕方がない。

そう思いながら、ぎゅっと目を瞑った織也は──、しかし、同時に両手の指先にやわらかな感触を押し当てられて、おそるおそる目を開けた。

「……紅葉、さん？　楓さん……？」

両側の二人が、それぞれ自分の指先にくちづけているのを見て、織也は首を傾げた。

顔を上げた紅葉が、その豊かな紅蓮のシッポを一振りして微笑む。

「謝る必要はないよ、織也。……むしろ、感謝したいくらいだ。せっかく仲直りした弟と、血で血を洗う兄弟喧嘩を繰り広げたくはないからね」

「あの……、怒ってないんですか？」

おずおずと聞いた織也に、楓が眉を寄せて答える。

「正直、複雑な気持ちではあります。けれど、我らにとって一番大切なのは、織也様が幸せであること」

「織也がオレたち二人を好きで、三人で共にあることを望んでいるのなら、それを叶えるまでのことさ」

仕方なさそうに苦笑する紅葉に、楓も頷く。

「……織也様が望んで下さるのなら、これからも二人で織也様をお守りします」

「ただし、両方とも好きだというなら、二人とも同じように可愛がってくれないと嫌だよ？

……オレたちを、これからもそばにおいてくれるかい？」

ミミを少し伏せた二人に両側からじっと見つめられて、織也は――。

「はい……！　二人とも、僕とずっと一緒にいて下さい……！」

二人の腕を同時に抱きしめた。

左から楓が、右から紅葉が、すかさず織也を抱きすくめてくる。

回された腕は、同じくらい強く、同じくらい優しくて。

「好きだよ、織也」

「……好きです、織也様」

囁きが両の耳元で響いて、織也はこくこくと頷き返した。

「僕も……、僕も、好きです。紅葉さんも、楓さんも……！」

胸の奥があたたかくて、それなのに心臓が引き絞られるように痛くてたまらない。

自分は二人に、ひどいことをしているのかもしれない。

どちらのものにもなれないと、そう言っているのも同じなのだから。

けれど、どちらかが欠けても駄目なのだ。

織也にとって彼らは、二人で一対の大事な、大事な存在なのだから。

（……大切にする。これからずっと、……ずっと）

ぎゅうう、と二人の腕にしがみついていた織也だったが、そこで両側から耳元にキスをしたり、織也の髪の匂いを嗅いだりしていた二人が身を起こす。

「織也様」

ころん、と楓に転がされ、

「織也」

倒れた背中をうけとめた紅葉にふわっと布団に横たえられて、織也はぱちぱちと瞬きを繰り返した。

「えっ、あ、あのっ」

焦って起き上がろうとした肩を、そっと楓が押しとどめてくる。

「折角こうして想いが通じ合ったのです。夜伽の修行ではできなかったことを、してもよいですか……？」

「え……!?」

「お誂《あつら》え向きに布団も敷いてあるし、それにもうすぐ夜だしね」

にっこり笑った紅葉に反対の肩も押さえ込まれて、織也は顔を真っ赤にしながら、あわあわと回避を試みた。

「な……っ、なにも、今そんなことしなくても……っ」

「今すぐ、織也様の気持ちを確かめたいのです。織也様は、体を重ねるなら大事な人としたい、と仰っていました。俺はずっと、織也様にとってのその『大事な人』になりたかった」

「楓さん……」

まっすぐこちらを見つめてくる楓の真っ黒な瞳に、なにも言えなくなってしまう。

すると反対側から、紅葉も静かな情熱を湛《たた》えた眼差しを注いできた。

「霊力の供給のためでも、花嫁修業でもなく、ただ君を愛したい。織也の全部が、ほしい」

「……紅葉、さん」

二人の切望するような眼差しが怖いくらいなのに、自分を求めるその視線を嫌だと思えない。それどころか、胸の奥がきゅうっと切なくて、指の先までそわそわと落ち着かなくて。

情欲に潤んだ二人の瞳を見つめ返して、織也はこくっと喉を鳴らした。

ぎゅっと布団を摑んで、震える声で頷く。

「わ……、分かり、ました。……全部、もらって下さい」

「……織也」

「織也様……」

左右から二人が顔を近づけてきて、織也はそっと、目を閉じた。

代わる代わる重なってきたのは、どちらも同じやわらかさ、同じ熱さで、そして織也にとっては同じように愛おしい、二人のくちづけだった——。


んん、と身を捩った織也は、咎《とが》めるように左右の乳首を軽く嚙まれて、布団をぎゅっと握りしめた。

「ん……、なんで逃げようとするの、織也」

くにくにと舌先でそこを弄りながら、紅葉が顔を上げる。もう片方を楓にきゅうっと吸われて、織也はじんじんと襲い来る疼きに切れ切れに喘ぎながら答えた。

「だ……っ、だって、あ……っ、んんっ、汗……っ」

「……心配されずとも、意識を失っていらした間に、我らが布で拭《ふ》き清めています。それに、土地神様となられた織也様の体液は、今まで以上に霊力が濃くて、美味しいです」

「ん……っ、んんうっ」

伸び上がってきた楓が、織也にくちづけてくる。

指先で胸の尖りをつままれながら、口腔に溜まった蜜をちゅるりと舌ごと吸い取られて、織也はじゅわっと広がる甘い疼きにぎゅっと目を瞑りながら楓のキスに懸命に応えた。

(僕……、僕今、すごい恥ずかしい格好してる……)

今の自分の格好を思って、織也は羞恥に耳まで真っ赤に染まってしまった。

脱がす間も惜しいとばかりに左右から伸びてきた手によって、着せられていた浴衣はとうにはだけられ、かろうじて帯が残っているものの、白い太腿まで露わになってしまっている。浴衣の合わせから見え隠れしているであろう下着を、どうにか隠そうと足をもじつかせていた織也だったが、それに気づいた紅葉の手がするりと腿の間に忍び込んできた。

「ん、んんん……っ」

「乳首とキスだけで、もうこんなにして……」

からかうような笑み混じりに囁いた紅葉が、すう、と指先で織也のそこを下着越しに撫でながら再び胸の先に舌を這わせ始める。

もうすっかり尖った小さな粒は、ぺろりと舐められるだけでもびっくりするくらい感じてしまって、織也はびくびくと腰を震わせながら訴えようとした。

「んっ、んんっ、んう……っ」

（やだ、そこ触るの、舐めるの、や……っ）

けれど、声は全部楓に吸い取られてしまって、言葉にならない。

「ん……、んんん……！」

それどころか、織也がくぐもった喘ぎを漏らす度、楓がきつく舌を吸いながら、くりくりと指先で乳首を転がしてくる。舌の根がじわんと痺れるくらい強い愛撫に、優しく、けれど執拗に弄ってくる指先に、目を閉じているのに目の前がくらくらするような気がして、織也はぎゅうっと一層強く目を瞑った。

「……濡れてきた」

くす、と笑みを落とした紅葉が、下着の上から先端をゆっくりなぞり上げる。じわあ、と布地にシミが広がるのが恥ずかしいのに、紅葉に爪の先でそこをカリカリ引っかかれると、あとからあとから蜜が溢れてとまらなくなってしまう。

「ん、んん、ん……！」

「楓のキス、そんなに気持ちいいの？　少し妬《や》けるなあ」

言葉とは裏腹に、楽しそうに囁いた紅葉が、ちゅうっと乳首を吸い上げながら下着の上から花茎を擦り立ててくる。

「ふ……、う、んん、ん……っ！」

二人がかりで唇を吸われながら乳首を弄られ、反対側を舐め転がされながら性器をきつく扱かれて、もうどこが感じているのかも分からない。

どこもかしこもじんじんと熱く疼いて、とてもじっとしていられなくて。

自分の体が自分のものじゃないみたいで怖いのに、でもその怖いのも二人の指先と舌で飴《あめ》のようにとろとろに溶かされてしまうような気がする。

触れられているところが全部甘痒くて、全身が性感帯になってしまったみたいで、織也はたまらず、両手で楓の胸元を押して小さく頭を振った。

「んぅ……っ、も、も……っ、なに、が、なんだか……っ」

けれど、狛犬たちはこの程度で愛撫の手をゆるめるつもりはないようだった。

「織也様、口を開けて、舌を……」

「や……、も、無理……」

「お願いです、織也様。もっと、もっと、織也様の舌を舐めたい……」

ミミを伏せ、熱っぽく潤んだ瞳でねだる楓に根負けして、おずおずと舌を出すと、楓が嬉嬉として舌を擦り合わせてくる。

「ん、……ん、ふあ……、あ……っ」

ぬるぬると擦れ合う舌の感触に夢中になっていると、下の方に移動した紅葉に、ずるりと下着を脱がされてしまった。

「や、め……っ、ひ、んんっ」

慌ててとめようとすると、楓がかぷっと唇を噛んでくる。

「織也様……、こちらに集中して下さい」

「で……、でも、あ……っ！」

おろそかになった舌を楓に咎められている間に、織也の足から紅葉が下着を引き抜いてしまう。剝き出しになったそこに冷たい息をふうっと吹きかけられ、織也はぎゅうっと足の先を丸めて悲鳴を飲み込んだ。

「んんん……っ！」

ひくっと過敏に震える性器に指を絡みつかせた紅葉が、くすくすと笑みを漏らしながら、少し掠れた低い声で囁いてくる。

「そうだよ、織也。ちゃんと楓の相手もしてやらないと……、ん」

「あ、うく……っ、あ、んん……っ」

言い終わるか終わらないかのうちに、すっぽりとそこを口腔に包まれて、織也はびくっと肩を震わせて楓にしがみついた。

「あ、や、や……っ、ひうっ、ううっ」

ぬるりと舌を絡みつかせた紅葉が、ねっとりと頭を動かし出す。

（溶けちゃ……っ、そこ、溶けちゃう……っ）

「う、うう、あ、あ……！」

ぬち、ちゅる、と複雑に締めつけられながら吸い立てられて、うねり出した快楽の波に頭が真っ白になりかけた織也だったが、その時、ぐいっと大きな手に顔を上向かされた。

「兄者にばかり、そのように可愛い声を上げて……！」

「楓さ……っ、ん、んんん……！」

嚙みつくような勢いでくちづけてきた楓に、痛いくらいきつく舌を吸われる。次いで織也の唇を上、下と順に強く吸った楓は、ハア、と顔を上げ、突き刺さるような声で唸った。

「俺も、織也様をもっと感じさせてみせます……！」

「え……っ、あ……っ」

獰猛《どうもう》な気配をまとった楓が、織也の帯を解いて、もどかしそうに浴衣を剝ぐ。

兄者、と紅葉に声をかけた楓は、織也の肩を押して横向きに寝かせると、残っていた腕から袖を抜いた。一糸纏わぬ姿になった織也の肩先に、熱い唇を押し当ててくる。

織也の足の間から顔を上げて、紅葉が楓に忠告した。

「いきなり指は無理だからな。まずはよく舐めて……」

「分かっている……っ」

苛立《いらだ》ったように答えた楓が、織也の背中を軽く吸っていく。徐々に下に降りていくキスが目指す先を悟って、織也は慌てて体を捻《ひね》ろうとした。

「ま、待って、楓さ……っ」

けれど。

「おっと。駄目だよ、織也。気持ちよくしてあげるから、このまま大人しくしておいで」

「あっ、や……っ、紅葉、さん……っ、あ、あっ」

織也の足を押さえ込んだ紅葉が、再び唇で性器を愛撫し始める。ちゅ、ちゅっと敏感な茎にキスを繰り返されて、織也はすぐに身を丸めて震えることしかできなくなった。

「あ……、あっ、ひうっ」

紅葉の唇が触れる度、そこにじんじんと甘い痺れが溜まっていくような気がする。

織也がびくびくと肩を跳ねさせている間にも、楓が無防備な背を唇で辿っていく。やわらかな唇で腰をくすぐり、楓はそのまま織也の丸い尻に手をかけてきた。

大きな手に尻のあわいを押し開かれて、織也は真っ赤になってぎゅっと目を瞑る。

「や……」

「……織也様、なんてお可愛らしい……」

熱っぽく呟いた楓が、晒された後孔にくちづけてくる。

織也がびくっと体を震わせると、すぐにぬるりとしたものが這わされた。

「い、や……、し、しない、で……、や、や……っ、あ、ん、ん……！」

あまりの恥ずかしさに拒もうとした織也だが、皆まで言う前に紅葉が再びぬるんっと織也の性器を咥え込んでしまう。ぬちゅぬちゅと紅葉の口腔に扱き立てられながら、後孔を楓の舌先でちろちろと舐られ、織也はあっという間に未知の快楽に引きずり込まれてしまった。

「ひ……っ、あ、う、うー……！」

漏れる声が恥ずかしくて、丸めた拳を口元に当てて必死に堪えようとするのに、二人の愛撫は争うように激しくなるばかりで、おまけに前にも後ろにも逃げられない。

濡らされていくそこが熱くて、ぐずぐずに蕩《とろ》けていってしまいそうで。

と、その時、慎ましやかに閉じていた花弁を丁寧に舐めていた楓の舌に、ぐっと力が籠る。ぬぐ、と楓の舌が蕾《つぼみ》の内側へと押し込まれていく感触に、織也はぎゅうっと布団にしがみついて必死に頭を打ち振った。

「や、だ……っ、な、中っ、舐めちゃ、や……！」

「ん……、違うだろ、織也。もっと舐めて、だろう？」

「あっ、ううっ、ああ、ん！　ん！」

顔を上げた紅葉が、突き出した舌の腹で先端の割れ目をぬちぬちと嬲ってくる。からかうような瞳の奥に、炎のように揺らめく欲情の光が潜んでいて、それに気づいた途端、ぞくぞくと背筋が甘く溶けた。

「そこが気持ちいいって、この間オレがちゃんと教えてあげただろう？　思い出して、力を抜いてごらん」

織也に囁きかける紅葉の言葉を聞き咎めて、楓が驚いたように顔を上げる。

「……そんなことまでしていたのか、兄者」

「指だけだよ。織也に夜伽の手ほどきをするに当たって、いろいろ調べてね。……どれ、少し手本を見せてあげよう」

言うなり、紅葉がするりと織也の尻に手を回す。楓の唾液でぬるつくそこにつぷりと指を差し込まれて、織也は思わず息を詰めてしまった。

「ひう……っ、あ、や……っ、そこ、や……っ」

浅い部分をかき回した紅葉が、すぐに性器の裏側の凝りを探り当て、そこを指の腹でぐりぐりと押してくる。

目の前がチカチカと明滅するような強烈な快感に、織也はたまらず高い嬌声《きょうせい》を上げた。

「ひっ、あうっ、あ、あ……！」

「織也、様」

ごく、と喉を鳴らした楓に、紅葉が楽しげに続ける。

「ここは前立腺《ぜんりつせん》と言ってね、人間の男なら誰しも感じてしまうところらしい。織也も、……ほら」

「あ、あん……っ、ん、ん！」

くちゅくちゅと淫らな音をさせて指が蠢く度に、濡れた悲鳴が漏れていってしまう。びくびくと腰を震わせながら喘ぐ織也をじっと見つめていた楓が、低く唸った。

「織也様、俺も……！」

「え……、あっ、ひぅ……っ、あああ……！」

再び顔を埋めてきた楓が、紅葉の指の脇から舌を押し込んでくる。兄の指を押しのけるようにして、楓の熱い舌が織也の内壁をぬぐりとやわらかく抉《えぐ》った。

「あ……！　ひ、あ、あ……！」

（舌、が……っ、あんなとこ、舐められて、る……！）

たっぷりと蜜を湛えた舌が、ぬぢゅ、ぢゅ、とあの膨らみを舐め始める。同時に紅葉の指にもくりゅくりゅと円を描くようにしてそこを撫でられて、織也は強すぎる快楽に身悶えることしかできなくなってしまう。

「や……っ、あ、ひぁ……っ、う、く……っ」

じゅわじゅわと広がる甘い快楽に、狭いそこが蕩けていくのが分かる。と、織也の体の変化に気づいたのか、紅葉の長い指がゆっくり奥へと忍び込んできた。

「あ……、紅葉、さ……っ」

開かれていく感覚が怖くて、織也は思わず体を強ばらせ、縋《すが》るように紅葉を見下ろした。

顔を上げた紅葉が、目を細めて囁きかけてくる。

「……大丈夫だよ。痛くしたりしないから、力を抜いてごらん」

「ん、う、あ、あ……」

目を伏せた紅葉にぬるりと花茎の先を舐められて、自然とふうっと強ばりが解けていく。

「いい子だね、織也。上手にできてるよ」

紅葉が褒めながら、やわらいだ隘路《あいろ》をぬちぬちとくつろげていく。楓の唾液の滑りを伴った指が、奥深くまで進んできて怖いのに、低く掠れた紅葉の声で褒められながら前を舐められると、体がくにゃくにゃに溶けてしまって、長い指を拒めない。

おまけに、そこから力が抜けたからだろう、楓の舌も一層激しくぬぐぬぐと前立腺を舐めねぶってくる。ぷっくり膨れたそこを、濡れた熱い舌に強く擦られ続け、織也は頭の中までとろんと蕩けてしまうような快楽に溺《おぼ》れた。

(中、が……、奥までどんどん、濡れてくる……)

「あ……、うう、あ、んん……っ」

「ん……、は、織也、様」

長く織也のそこを苛んでいた舌をぬるりと引き抜き、楓が顔を上げる。紅葉の指に添うようにぬぷん、と潜り込んできたのは、楓の指だった。

「う、あ……っ、んく……っ」

二本に増えた指に、少し圧迫感を感じて悲鳴を呑み込むと、楓が入り口にくちづけてくる。開かれたそこを上下の唇で喰むようにくすぐられ、織也はぞくぞくと背筋を震わせた。

「か、楓さ……っ、や……っ」

「織也様、大丈夫です。織也様のここは、我らの指をちゃんと受け入れて下さってます」

「あ、あ……っ、で、も……っ、あ、うう……っ」

ぬるりと襞に舌を這わせた楓が、ぬちぬちと小刻みに指を動かし出す。

紅葉も楓に合わせて指を抜き差し始め、二本の指に交互に後孔を犯された織也は、嬌声がとまらなくなってしまった。

「あっ、あんっ、んっ、んんあっ」

女の子みたいに甘い声が、ぬちゅぬちゅと上がるはしたない水音が恥ずかしくてたまらないのに、恥ずかしいと思えば思うほど気持ちがよくなってしまう。

どうしたらいいのか分からなくて、んん、と息をつめて身悶えた織也に、紅葉がくす、と小さく笑みを漏らした。

「気持ちよさそうだね、織也。もう一本、入れるよ」

「あ……っ、ま、待……っ、ひ、んんんっ」

囁いた紅葉が、中に入れていた指で入り口を押し開き、隙間から更にもう一本の指を押し込んでくる。

さすがに息苦しくて身を強ばらせた織也だったが、紅葉は指を揃えると、そのままぐりゅぐりゅと前立腺を嬲ってきた。途端に、目の前が眩むような快感が走り抜ける。

「は、あ、うう、あ、あ……！」

今にも達してしまいそうなのに、紅葉は巧みに性器の根元を押さえて織也を焦《じ》らす。

二人の指に交互に奥を突かれながら、合間に性器や腰を唇でくすぐられて、織也はとめどなく熱くなる体を持て余し、ぎゅうっと布団にしがみついた。

「や、あ、あん……っ」

そんなところで感じるなんて恥ずかしいのに、もう性器の裏のあの膨らみだけでなく、二人の指に擦られ続けている内筒のすべてが発熱したみたいに疼いて仕方がない。

怖いはずなのに、体はもうすっかり蕩けて、気持ちいいことしか分からなくて。

「……そろそろ、いいかな」

呟いた紅葉が、ぬうっと指を引き抜く。身を起こし、するりと着物を脱いだ紅葉に続いて、楓もまた身を起こした。眉を寄せて切り出す。

「兄者、頼みが……」

「嫌だね。くちづけはお前が抜け駆けしたんだ。ここはオレに譲るのがすじというものじゃないか？」

楓の頼みを遮って、紅葉が織也ににっこり笑いかけてくる。

「織也だって、初めてはオレの方がいいだろう？」

「え……？　あ、あの」

「楓じゃ織也をケガさせてしまいそうで、不安だしね」

紅葉の一言に、楓がミミをピンと立て、ムッとしたように言い返す。

「……聞き捨てならないな。俺が織也様を傷つける訳ないだろう」

「それはどうかな。だって楓、童貞だろう？　夢中になって理性を失いそうだ」

「それを言うなら、兄者だって同じだろう！」

「ああ、だがお前よりも知識はあるよ。なんせ兄だからね」

「このような時ばかり、兄貴風を吹かせるな！」

ブワッとシッポを膨らませて食ってかかる楓に、紅葉がミミを伏せて瞳を眇める。

揉め出した二人を見かねて、織也は慌てて体を起こした。

「ちょ……、ちょっと待ってください。ケンカしないで！」

織也の仲裁に、二人が睨み合ったまま口を噤む。

織也は二人を見比べて、おずおずと聞いた。

「あの……、さっきのお話、本当ですか？　二人ともその、初めてって……」

紅葉が織也に向き直って頷く。

「ああ、そうだよ。当然だろう？　オレたちは君に出会って、初めて恋をしたんだから」

「これまで我らは、生につながるようなことに興味がありませんでした。けれど、織也様が我らに教えてくれたのです。あたたかい食事も、誰かを愛おしいと思うことも、全部」

そう言って楓もシッポを振る。

「僕が……」

長い時を生きてきた二人が、自分に初めて恋をしてくれたのだと思うと、嬉しさと共に、庇護欲《ひごよく》にも似たたまらない愛おしさが込み上げてくる。

（どうしよう……、二人とも僕よりずっとカッコいいのに、……それ以上に、なんかもう可愛くて仕方ない……）

まっすぐな楓の眼差しに胸の奥がきゅんとした織也だったが、それを隣で見ていた紅葉が、すかさず織也の手を取ってきた。

「そうだよ、織也。……だから、オレの初めて、もらってくれるだろう？」

「あ……」

切れ長の潤んだ瞳が、上目で織也に訴えかけてくる。

うるうるとねだるような真っ黒な瞳に、否応なく胸がきゅうっと高鳴って、織也は思わず頷いてしまっていた。

「は、はい」

「……ずるいぞ、兄者」

紅葉に先を越された楓が、憮然《ぶぜん》とした表情を浮かべる。

「織也様、俺も……」

縋るような視線を向けられて、織也は慌てて首を横に振った。

「ふ……っ、二人いっぺんは、無理です」

頰を赤らめた織也に、楓が唇を嚙む。紅葉が苦笑して、楓に耳打ちした。

「楓、ではこれではどうかな。——、というのは」

紅葉の囁きを聞いた楓が、一瞬目を瞠り、紅葉をまじまじと見つめる。

「……いいのか、兄者」

「本音を言えば、よくはないね。でも、折角の初夜だ。二人でそれぞれ一つずつ、織也の初めてをもらうということで、手を打とう」

紅葉の言葉に、楓が分かったと頷く。

どうやら話がついたらしいが、織也にはさっぱりだ。

「あの、二人で一つずつって……？」

初めては、一度きりだから初めてと言うのではないのだろうか。

首を傾げた織也だったが、二人は着物を脱ぐと織也に手を差し伸べてくる。

「大丈夫だよ、織也。オレたちが君に無理をさせる訳がないだろう？」

「我らが織也様を、たくさん気持ちよくしてさしあげます」

真剣な瞳でそう言った楓が、兄者、と紅葉に声をかけ、自分は布団に仰向けに寝る。

「さ、織也。楓の方に進んで」

「え？　え……!?」

紅葉に背後から促され、楓の肩を跨ぐ格好を取らされる。楓の目の前に性器が来るような体勢に、織也はカアッと顔を赤らめ、慌てて手で前を隠した。

「なっ、な……っ、なんでこんな格好……っ」

「二人で織也を可愛がってあげるためだよ。いいからほら、手をどけてごらん」

「あ……っ」

後ろから紅葉に両手を摑まれ、そこを晒される。

すぐに楓が織也の腰を摑んで、自分の方へとぐっと引き寄せた。そのまま、ちゅぷ、と先端にくちづけてくる。

さっきまで言い争っていたとはとても思えない二人の連携に、織也は混乱しながら甘い悲鳴を上げた。

「あっ、ひん……っ、あっ、あっ」

「織也様、こちらは俺が気持ちよくしてあげますから……」

ぬるぬると舌を這わせながら、楓が織也の尻たぶに両手をかける。

開かされた足の奥、先ほど二人の指と舌で散々蕩かされたそこをぐいっと晒されて、織也は慌てて背後を振り向いた。

ぬる、と後孔に熱いものが這う。

張りつめたそれは、紅葉の――。

「……こっちはオレに愛させて、……ね」

「紅葉さ……っ、あ……っ、あ……！」

ぬぐう、と入り口を割り開いた熱塊が、狭いそこを押し広げてゆっくり進んでくる。

「ひ、ううう……！」

未知の衝撃に織也が思わず身を強ばらせると、紅葉が苦しそうな呻き声を上げた。

「く……っ、織也、少しゆるめて……」

「む、り……っ、できな……っ」

そう言われても、こんな時にどうしていいかなんて分からない。

いくら抱かれる覚悟をしたといっても、初めての行為が怖くて、苦しくて、もう頭の中が真っ白で。

（怖い……っ、やだ、怖い、怖い……！）

それでも、怖いと、やめてとは言いたくなくて、震えながら必死に堪えようとしていた織也だったが、その時、楓が織也の性器への愛撫を再開させた。

「ん……、織也様、こちらに集中して下さい」

「あ……、ん……っ、楓、さ……っ」

「大丈夫です、……三人で、一緒にするのですから」

織也の花茎を舐めしゃぶりながら、楓が織也の片手をぎゅっと握ってくる。背後から、紅葉も織也の手の甲を覆うようにして手を重ねてきた。

「そうだよ、織也。なにも、怖くないよ。だってこれは、好きな人とする特別なこと、だろう？　……オレたちにとってもそれは、同じだよ」

「紅葉、さ……、んん、ん……」

振り向いた織也の顎《あご》をもう片方の手で支えて、紅葉がくちづけてくる。性器と舌とを二人に丁寧に舐めしゃぶられるうちに、織也の体から余計な力が抜けていった。

(そうだ、……僕にとっては紅葉さんも楓さんも、大好きで、特別な二人、で)

二人となら、怖くない。

彼らにならら、全部預けられる。

「ふ……、んんん、ん、ん」

ゆすゆすと揺すり上げるようにして、紅葉が奥へと入ってくる。濡れた内壁を熱い雄茎に開かれていく初めての感覚に戸惑いながらも、織也は紅葉を受け入れていった。

「ん……、織也、いい子だね、……上手に呑み込んでいってる」

「あ、ん、んん……」

キスを解いた紅葉が目を細めて褒めてくれる。

「キツいのにやわらかくて、熱くて……、とても気持ちがいいよ。……ゆっくり、動くね」

「ん……、あ、う、あ、あ」

首すじを啄《ついば》まれながら埋め込んだ砲身でゆったりと奥を突かれて、織也はとろんと瞳を蕩けさせた。ぬちゅ、ぬちゅっと太い雄が狭い内筒を行き来する度に、擦られた内壁がじゅわじゅわ熱を増していくのが分かる。

紅葉の熱い吐息が肌に当たって、抑えたその息遣いが、たまらない愉悦を連れてきて。

(僕の体で、紅葉さんが感じてるんだ……)

そう意識した途端、きゅんっと腰の奥が疼いて、じゅわりと花茎の先に蜜が滲んでしまう。あ、と思う間もなく、楓のなめらかな舌がそれを舐め取っていった。

「……織也様の精気、甘くて濃くて、とても美味しいです。……もっと、下さい」

じっと織也を見上げながら、楓が幹に丁寧に舌を這わせてくる。なぞり上げられる度にとぷとぷと蜜が零れるのが恥ずかしいのに、体の奥の甘い疼きは大きくなるばかりで、とてもおさまりそうにない。

「ん、ん……っ、あ、あ……」

知らず知らずのうちに、織也は楓の舌に性器を擦りつけるようにして、小さく腰を揺らし始めていた。すぐに紅葉がそれに気づいて、くすくすと笑みを零しながら囁いてくる。

「可愛いね、織也。気持ちよくて腰、動いちゃうの?」

うねうねと物欲しげに揺れる織也の丸い尻を、すうっと指先でなぞって、紅葉が続ける。

「これ、楓にしゃぶられてるからだけじゃないよね？　だって俺の動きにも合ってるし。……初めてなのにもう、お尻気持ちいいんだ？」

「あ……、だ、って、だ……っ、あ、あ、あ……っ」

カアアッと頬を染めてどうにか体の疼きを堪えようとする織也だが、ひっきりなしに内壁を擦り続ける紅葉のせいで、うずうずと腰が揺れてしまうのがとめられない。

ちゅぷ、と織也の花茎を舐めしゃぶりながら、楓が紅葉に剣呑《けんのん》な声を上げた。

「ん、兄者……、そのようなからかいはよせ。織也様、いいのですよ。もっともっと、俺の口で気持ちよくなって下さい」

「か……、楓さ、ひっ、あう、う、うー……！」

ちゅぷちゅぷと一層激しくなった口淫《こういん》に耐えきれず、織也の腰も淫らに上下してしまう。巻きついてくる楓の舌が、やわらかく締めつけてくる唇が、熱くて、蕩けそうで。

「と、けちゃ……っ、あ、ううう……っ」

ぶるりと腰を震わせて喘いだ織也を、背後から紅葉がぎゅうっと抱きしめてきた。

「……ん、は……、そんなにイイ顔するから、ついいじめたくなっちゃうんだって……」

織也が可愛いのが悪い、と片方だけミミを伏せて苦笑しながら、紅葉が前に回した両の手で織也の乳首を捏《こ》ね回し始める。くりくりと尖った胸を弄られ、きゅうっと指先で軽く引っ張られて、織也は頭を振って身悶えた。

「や、や……っ、そこ、だ、め……っ、あっ、んんんっ」

けれど、ぬうっと腰を引いた紅葉が、先端で織也の浅い部分をかき回しながら耳たぶを甘く噛んでくる。

「駄目？　でも織也のここは、気持ちいいって、きゅんきゅんオレのこと、締めつけてくるじゃない」

「あ、や……っ、ああ、うあっ、あ、あ……！」

「ほら、ここも、……ね？」

快感に膨らみきった前立腺を、張り出した先端で思い切りごりゅごりゅと抉られて、織也は蕩けきった悲鳴を上げてがくりと布団に手をついた。

「や、も……っ、ああ、あああんっ」

けれど、前を楓に捕らわれ、後ろを紅葉に貫かれていては、逃げ場がない。それどころか二人は、織也の体勢が安定したのをいいことに、一層激しく責め嬲ってくる。

「あっあっあっ、ひぅう……！」

叩きつけられるみたいに強く紅葉に貫かれる度に、楓の額の角が下腹にごりごり擦れる。こんなに深くまで咥え込んだらきっと楓が苦しいと思うのに、根元まで刺し貫かれながら性器をぬっぷりと包まれる感覚が気持ちよすぎて、突き出す腰をとめられない。

「あ、や、やだ、いい……っ、や、いやぁ……っ！」

張りつめきった性器をじゅるじゅると楓に啜られ、ひくつく内壁を紅葉に奥までぐじゅぐじゅにされて、織也はあまりに鮮烈な快楽にぎゅっと目を瞑って泣き喘いだ。

「も、も……っ、もう、……めっ、だ、め……っ！」

「ん、達きそう……？　いいよ、織也、楓の口に、いっぱい出して……！」

これ以上ないくらい深く、ぐりぐりと熱塊をねじ込んできた紅葉が、掠れた低い声で呻いて、織也の唇を奪う。

「んんんっ、んあ、あん……っ、あんん……っ、んんん……！」

きつく唇を吸われながら深い場所を小刻みに突かれ、促すように楓にじゅうっと性器を絞られて、織也は目の前が真っ白になった。

「ん、ん、ん、ん……！　んんん……！」

びく、びくんっと跳ねながら、楓の口の中に白蜜を放つ。楓が待ちかまえていたように、織也のそれを飲み下していった。

「ん……っ、ん、んんんっ！」

きゅんきゅんと体の奥で紅葉を締めつけながら、長く続く絶頂に震えていた織也だったが、その時、紅葉がやおら雄茎をずるんっと引き抜いた。

「んん……！」

「ん、は……っ、織也……！」

びゅ、びゅっと熱い迸《ほとばし》りが尻の狭間《はざま》に叩きつけられる。

「あ、あ……！　う、んん……っ」

悶える織也の背中にドサリと覆い被《かぶ》さってきた紅葉は、荒い呼吸を繰り返しながら織也の顎を摑んできた。織也を振り向かせ、肩越しに唇を重ねてくる。

「は、あ……、ん、織也……」

「あ……、んむ……」

ちゅ、ちゅ、と紅葉に軽くくちづけられて、織也はくてんと体の力が抜けたままそれを受け入れる。甘い倦怠感《けんたいかん》に、そのまま意識がとろとろと溶けていきそうになっていた織也だったが、その時、織也の下から楓が抗議の声を上げた。

「……いつまで織也様を独占する気だ、兄者」

「ん……、はいはい、分かってるよ……、交代だね」

「え……？」

戸惑う織也の上から紅葉が身を起こし、織也をひょいと持ち上げる。

身を起こした楓は、壁に背を預けて布団の上に胡座《あぐら》をかいた。その膝の上に下ろされた織也は、楓の熱《いき》り立った雄を目の前にして、カアッと頰を染める。

「あ、の……、こ、このまま……？」

もしかしてこのまま続けて楓とも、と戸惑いながら二人を交互に見やる。

「もちろんだよ、織也。楓だけ織也を抱けないんじゃ、さすがに可哀想《かわいそう》だろう？」

切れ長の目を細めて、背後の紅葉がにっこり笑えば、目の前の楓もミミを伏せて熱っぽく織也を見つめてくる。

「織也様……、俺に抱かれるのはお嫌ですか？」

きゅんきゅんと鼻を鳴らしてねだる犬のような眼差しに、織也が勝てるはずもない。

「い、嫌じゃ、ないですけど、でも……」

それでも、さすがに続けてするのは不安で言葉尻を濁すと、紅葉が耳元に小さくキスを落として囁いてきた。

「大丈夫だよ、なるべく無茶はしないから。それに、言っただろう？　両方とも好きだというなら、二人とも同じように可愛がってくれないと嫌だ、って」

「それは……、でも……っ、う、わ……っ」

織也が言い終えるより早く、紅葉が織也の体をよっこいしょと再度持ち上げてしまう。

楓の助けも借りて、織也を自分の方に向かせた紅葉は、足を閉じようとする織也を制して、まだひくひくと閉じきらない後孔にそっと指先を這わせてきた。

「や……っ、く、紅葉さ……っ」

「ん、大丈夫そうだね。ちゃんと楓もここで可愛がってやらないと、……ね？」

「あ……、あ……」

織也の腿を持ち上げた二人が、楓の上にゆっくりと織也を下ろしていく。一度紅葉に開かれたそこは、楓の剛直を従順に受け入れていった。

「ひ……っ、う、あ、うう……っ」

「織也様……っ、すごい、です……っ」

呻いた楓が、途中で下からぐんっと突き上げてくる。反り返った太い雄茎に一気に奥まで犯されて、織也は身を強ばらせてあられもない声を放った。

「ひ、あ、あー……っ！」

「楓、もう少しゆっくり……」

ミミを伏せてたしなめる紅葉だが、楓は背後から織也を抱きしめると、荒く呼吸を繰り返しながら低く呻く。

「無理、だ……、こんな、こんなの、我慢が……っ」

「あっ、ひっ、ううっ、うあ……っ」

ぐぢゅっ、ぐちゅんっと抑えきれないように律動を始めた弟に、紅葉がやれやれと肩を竦める。

「だから言ったろう？　お前じゃ夢中になって織也をケガさせそうだって」

ぼやいた紅葉が、織也の足の間に顔を近づけてくる。衝撃にくったりと力を失っている織也の性器を優しく握って、紅葉は織也に微笑みかけてきた。

「織也、今度はオレがこっち、気持ちよくしてあげるからね」

「あ……、んんんっ」

ぬる、と紅葉の舌が丁寧に織也のそこを舐め始める。覚え込まされた刺激に、織也の肩からふうっと力が抜けると、背後の楓が息を呑む気配がした。

「……っ、中が、やわらかく……」

「あ……、あ、んんん」

探るようにねっとりと腰を回されて、織也はとろんと瞳を蕩けさせた。硬くなり始めた織也の花茎をぬるぬると舌で舐め擦《さす》りながら、紅葉が楓に言う。

「そうそう、そうやって、ゆっくり奥まで擦ってあげたら、織也も気持ちいい」

「……分かった」

紅葉の言葉に少しムッとしながらも、さすがに先ほどの自分の暴走を反省したのだろう。楓はまだ息を荒げながらも熱塊で織也の内筒をゆったり穿《うが》ち始めた。

「こう……、ですか、織也様……?」

「あ……、ん、あ、あ……」

ゆすゆす優しく揺すられると、熱を持って敏感になった隘路がぬちゅぬちゅと擦れて、たまらない愉悦が湧き上がってくる。きゅうんと奥が疼く度、内壁が埋め込まれた雄茎を締めつけてしまうらしく、肩先で楓が押し殺した熱い息を何度も弾けさせた。

「こ……んな、夢中になるなと、いう方が、無理、だろう……っ」

「楓、さ……っ、あ、んん……っ、んんんっ」

振り返った織也の頬に手を添えて、楓が唇を重ねてくる。ちゅうっと舌を吸われながら、ぐっぐっと少しずつ腰を送り込まれて、織也は深くを突く楓の熱に溺れた。

「んぅ、あ……、んん、ん、ん」

「……ん、気持ちよくなってきたね、織也……？」

すっかり硬くなった性器をちゅるりと啜って、紅葉が顔を上げる。上気した頬にかかる長い髪をかき上げて、紅葉は織也の両足に手をかけてきた。

「ん……、な、に……？」

とろんとしたまま聞いた織也に、紅葉が掠れた低い声で問うてくる。

「オレも一緒に、気持ちよくなりたい……、いいよね、織也」

「え……、んんっ？」

織也の答えを待たずに、紅葉は織也の両足を閉じさせると、そのまま織也の足を抱え込んでしまった。両腕で織也の足を抱きしめたまま、ぴっちり閉じた腿の間に自身の滾《たぎ》りをねじ込んでくる。

「え、な……っ、んや……っ」

そのままにちゅにちゅと腰を動かし出した紅葉に、織也は真っ赤になってしまう。

（こんな、二人に同時にされてるみたいな……っ）

前から紅葉に、後ろから楓に、一度に挿入されているような錯覚に襲われてうろたえた織也だったが、それもすぐ、二人の律動に霧散してしまった。

「ん、気持ちいいよ、織也……」

「織也、様……っ」

「やっ、や……っ、ああ、あっ、ん……！」

にゅっにゅっと紅葉が足の間を前後する度に、とろとろに濡れた蜜袋がぬちゃぬちゃと擦られる。内腿でびくびくと震える熱の生々しさが恥ずかしくてたまらないのに、こんなに大きなものをさっきまで受け入れていたのだと、今も同じ大きさのもので内壁を擦られているのだと思うと、どうしようもなく体が昂ってしまう。

しかも足を閉じたせいで、狭い隘路は一層きつく楓の雄を締めつけてしまっている。敏感になった内壁を逞《たくま》しい熱塊でこじ開けられて苦しいはずなのに、二人にぐちゅぐちゅに蕩けさせられたそこはもう、その苦しささえ淫らな喜悦に変えてしまうようだった。

「んん、ん……っ、あ、や、や……っ」

蕩けきった声が恥ずかしくてきゅんと身を竦めると、楓が織也の肩口で苦しそうに呻く。

「く……っ、ん……！」

「ん、は……っ、あ、あぁあ……！」

体の奥で楓がぐうっと膨れ上がって、織也は身悶えた。

狭い隘路の一番深いところが、中から楓の形に押し広げられている。

「や、や……っ、おっき……っ、おっき、の、やぁ……っ」

たまらず頭を振ると、紅葉が目を細めて囁きかけてきた。

「ん……、そろそろ、楓も達きそう、かな……？　楓が注いだら、次はオレの番だからね、織也……？」

「な、ああっ、なに……っ？」

紅葉の言葉の意味が分からなくて、二人にがくがくと揺さぶられながらも織也は必死に聞き返した。ふふ、と瞳を欲情に光らせて、紅葉が答える。

「なにって、さっきは外に出しただろう？　オレだって、君の中で達きたいんだよ……？」

「あ、ひうっ、あ、あ……っ？」

「兄者と、決めたのです……っ、初めて織也様を抱くのは、兄者……っ、初めて織也様の中に精を注ぐのは、俺、と……っ」

ぎゅうっと織也を抱きしめながらそう告げる楓に、織也は目を瞠って驚いた。

「な、んで、そんな……っ、あっ、ひあ……っ」

「だって二人とも、織也の初めての男になりたかったからね。言ったろう？　織也の初めてを一つずつ、もらうって」

紅葉もまた、織也の足を抱きしめながら腰を送り込んでくる。

「やっや……っ、はげし……っ、やぁ……っ」

前後からがくがくと揺さぶられ、織也は頭の中が真っ白になってしまった。

今にも弾けそうに張りつめた太茎が、体の中も外も擦り立ててくる。二人の欲望にもうどこもかしこもぐちゃぐちゃに感じさせられてしまって、逃げ場はなくて。

「最初に織也の中に放つのがオレじゃないというのは妬けるけど……、でも、すぐにオレので掻《か》き出してあげるからね。その後でたくさん、オレの精液注いであげるから」

「ぬかせ……っ、そうしたら今度は俺が、兄者のものより奥に注ぐまで……！」

「あっ、ひあっ、だめ、だ、め……っ、あ、あ、あ、あああああんっ！」

いくらなんでも立て続けにそんなに何度も無理、とそう思うのに、擦りつけられる二人の雄の大きさを、熱さを意識する度に、欲しがるみたいに中がきゅんきゅん疼いてしまう。

それは挿入している楓にもダイレクトに伝わってしまって。

「織也様……っ、く……！」

「だ、め……っ、中、あ、あ……っ、だめぇ……っ！」

惑乱に頭を振る織也を二人が前後からぎゅっと抱きしめて、代わる代わる唇を奪ってくる。

「あっあっあっ、ひう……っ、んんんっ、んんっ」

「織也、愛してるよ、織也……、ん……っ」

「ん……っ、織也様、俺も、もうあなた以外、見えない……！」

獰猛な気配を纏った二人にひっきりなしに求愛され、身も心も乱されて、もうなにもかも分からなくて——。

「い……っ、く……！　いっちゃう……っ、あ……っ！　あああ……っ！」

「う、く……っ」

びくびくっと跳ねた織也の体の奥深くで、楓の熱情が迸る。

じゅっ、ぐじゅうっと濃厚なそれを内壁に浴びせかけられる初めての愉悦に、織也は身を震わせながら二度目の吐精を果たした。

「あ……、あ、あ……！」

楓の精液を注ぎ込まれながら、とぷとぷと白蜜を溢れさせる織也の右手を取って、紅葉が目を細めて指先にくちづけてくる。

「……次はオレも可愛がって、織也」

「や……」

無理、と頭を振るのに、今度は左手を楓に捕らわれて。

「その次は俺です、織也様。兄者と同じだけ、愛して下さいますよね……？」

ちゅ、と左の指先にもくちづけられて、織也は絶頂に濡れた瞳をますます蕩けさせて肩を打ち震わせた。

「お……、お代わりは一人一回までにして下さいね……？」

でないと身がもたない。

切実にそう思いながら念押しした織也に、二人が瞳を輝かせる。

「ああ、もちろんだよ、織也」

「はい、分かっております、織也様」

主の寵愛《ちょうあい》を奪い合うべく、シッポを振って唇を近づけてくる狛犬たちに小さく苦笑しながら、織也はそっと、目を閉じた。

ほわ、と胸の奥に広がったやわらかな光は、二つの美しい紅蓮の炎に似ていた――。

◇　◇　◇

ザッザッと境内を箒《ほうき》で掃いて、織也は晴れ渡った空を見上げた。

澄んだ高い空に、薄い雲がたなびいている。

「……いい天気」

きっと今日も参拝客がたくさん来るだろう。

頑張らなきゃ、と思ったところで、後ろから声がかかる。

「織也、少し出てくる」

振り返ると、袴《はかま》姿の徳治《とくじ》がバケツを手に立っていた。どうやら裏山に榊を採りに行くらしい。

「あ、うん。気をつけてね」

祖父が退院して、もう二週間が経つ。

ここのところ徳治は、入院生活で足腰がなまってしまったからと、裏山に散策に行くのを日課にしている。始めはあまり無理をして悪化したらと心配していた織也だが、徳治としては定期的に見回りをしないと落ち着かないらしい。

（まあ、おじいちゃんにとっては裏山も庭みたいなものなんだろうし、僕みたいに林道踏み外して落っこちるとかもないだろうけど……）

自分の失敗を思い返して、小さく笑ってしまった織也だったが、その時、徳治がじっと自分を見つめているのに気づく。

「なに？　どうかした？」

首を傾げて聞いてみると、徳治は言いにくそうに逡巡しつつ口を開いた。

「いや……、……織也、儂《わし》の留守中、裏山に入ったか？」

「え……」

「祠の札がな……、どうも、前と変わっている気がしてな」

眉を寄せてそう言う徳治に、織也は一瞬息を呑んだものの、すぐに笑顔を浮かべた。

「そうなの？　僕には分からないけど……」

内心ドキドキしながらそう返すと、徳治はじっと織也を見つめた後で小さくため息をつく。

「そうだな。儂の勘違いかもしれんしな……。ああ、そうだ。さっき美代子《みよこ》さんから電話が来たぞ。また夜かけると言っていた。おそらく、退学の件だろうな」

「……うん、分かった」

頷いた織也に、徳治が複雑そうに眉を寄せて聞いてくる。

「……本当にいいのか？　一生のことなんだ。なにも退学までしなくても、もっとじっくり考えてから進路を決めても……」

「ううん、もう決めたから」

心配してくれる祖父に、織也はさっぱりとした笑みを浮かべて首を振る。

「そうやって、一度言い出したらきかんところは、やはり尚也《なおや》に似ているな」

「……親子だからね」

にこっと笑って答えた織也に、徳治がそうだなと目を細める。行ってくる、と手を振って、徳治は境内を横切り、裏山へと向かっていった。

徳治の姿が境内から消えた途端、参道に白い靄のようなものが二つ、巻き起こる。現れた長身の男二人は、しゅんとミミを伏せて織也に聞いてきた。

「本当によかったのかい？　織也……」

「平日は大学に通われて、休日だけこちらに帰ってくる、ということもできるのでは……」

「紅葉さん、……楓さん」

うなだれる二人に、織也は微笑みかけた。

「もう何度も言ったでしょう？　これは、僕が決めたことなんです。お二人が責任を感じるようなことじゃないんですよ？」

母にはまだ反対されているが、織也は大学を中退して、薄野神社の神主になることを決めていた。

生き神となり、この土地から長くは離れられなくなったことも大きな要因ではあるが、なによりも織也がこの土地から離れたくないと思ったからだ。

子供が好きで、幼稚園の先生になりたいと思っていた織也だったが、今はこの土地の生き物すべてを我が子のように感じている。

この土地を守り、慈しむことが、自分の役目なのだ、と。

母にも祖父にも言えないけれど、六合から託されたこの役目は織也にしかできないことだ。放り出すわけにはいかないいし、やるからには大学に通いながらの腰かけではなく、きちんと向き合いたい。

(母さんはそんなことは問題じゃないって言ってるけど、ちゃんと学費も返さないと……)

少しずつだが、谷岡《たにおか》のおばあちゃんの畑仕事を手伝ってお駄賃をもらったりして、貯金も始めている。しばらくは神主見習いをすることになるだろうが、徳治はたとえ見習いだとしても、働いた分の給料は出すと言ってくれた。

いつになるかは分からないが、せめて大学の学費くらいは母に返したい。

それに、今はまだ渋っている母だが、本当にやりたいことを見つけたのだと説明すれば、分かってくれるはずだ。

(……親子、だから)

まだ心配そうな顔をしている二人を見上げて、織也はにこっと笑いかけた。

「……僕は、この土地で生きていきたいんです。この土地を守る、神様として」

大きく息を吸って、右手で紅葉の手を、左手で楓の手を取る。

「だから、ずっと一緒にいて下さい。僕と一緒に、ずっとこの土地を守って下さい」

紅葉を、楓を交互に見つめてそう言った織也に、二人がぎゅっと手を握り返してくる。

「織也……。ああ、……狛犬の名にかけて、君を守るよ」

「……俺もです、織也様。必ずあなたの、おそばに」

参道をゆっくり歩き出した三人に、やわらかな木漏れ日が降り注ぐ。

澄んだ高い空の下、一面鮮やかな茜に色づいた薄野神社のモミジは、金色の秋の陽光を受け、いつまでもキラキラと輝いていた——。

あとがき

こんにちは、または初めまして、櫛野ゆいです。この度はお手に取って下さり、ありがとうございます。

和風ファンタジーなお話ですが、いかがでしたでしょうか。このお話は、無機物に魂が宿っているお話を書いてみたいなと思ったのがきっかけで作ったお話になります。イラストが緒田先生と伺ったので、緒田先生の長髪攻めも短髪攻めも見たい、と欲張った結果、狛犬っていいかも、二体だし兄弟設定で、どうせなら双子で見た目とか性格が正反対で、と作っていったお話です。双子攻めでケモミミで花嫁に夜伽、といろんな萌えをめいっぱい詰め込んでみました。

双子の攻めというのは初めて書いたのですが、性格の違う狛犬たちはどちらも書いていて楽しかったです。紅葉のように器用な人が、実は大きなコンプレックスを抱えているのも大好物ですし、楓のように不器用な人が、織也みたいな可愛い年下の子に敬語で話しかけて、誠心誠意仕えているのもやっぱり大好物でして。折角の双子攻めなので、それぞれが織也と絡む場面も、二人が織也を取り合う場面もほしい、とシチュエーションも欲張ってみました。おっきい犬に変身できるというのもいいですよね。織也が二匹を両腕で抱きしめている場面は、私もモフりたい……とうらやましく思いつつ書きました。

おっとりしているけどしっかり者で純情な織也もまた、緒田先生に描いていただくなら絶対こういう受けにしたい、と思ってのキャラです。書き始める前は、二人の人を同時に好きになる、という心情を描くのは難しいかなとちょっと不安もあったのですが、書き終えてみると、ちゃんと織也が二人に恋をしてくれて、ほっとしました。ご飯を作ってあげたり、ケンカの仲裁をしたりと、オカン気質な子なので、これからも狛犬たちと仲良く神社を守っていってくれると思います。

さて、最後にお礼を。まず緒田先生、素敵な挿絵を描いていただき、ありがとうございました。いつか緒田先生に挿絵を描いていただけたらなと思っていたので、今回はどのキャラクターも緒田先生のイラストを想像しながら書きました。攻めが二人で、しかも犬にもなって、と欲張りすぎて申し訳ありません。美麗な紅葉と精悍な楓、可愛らしい織也をありがとうございました。

ご尽力下さった担当Aさんも、ありがとうございました。今回はタイトルがなかなか決まらず、ご迷惑をおかけし申し訳ありませんでした。好きなように自由に書かせていただいて、本当にありがとうございました。

最後まで読んで下さった方も、ありがとうございます。願わくばまた、お目にかかれますように。

櫛野ゆい　拝

✦初出　夜伽のいろは～狛犬兄弟と花嫁～……………書き下ろし

櫛野ゆい先生、緒田涼歌先生へのお便り、本作品に関するご意見、ご感想などは
〒151-0051 東京都渋谷区千駄ヶ谷 4-9-7
幻冬舎コミックス　ルチル文庫「夜伽のいろは～狛犬兄弟と花嫁～」係まで。

幻冬舎ルチル文庫

夜伽のいろは　～狛犬兄弟と花嫁～

2015年7月20日　第1刷発行

✦著者　櫛野ゆい　くしの ゆい

✦発行人　石原正康

✦発行元　株式会社 幻冬舎コミックス
〒151-0051 東京都渋谷区千駄ヶ谷 4-9-7
電話 03(5411)6431［編集］

✦発売元　株式会社 幻冬舎
〒151-0051 東京都渋谷区千駄ヶ谷 4-9-7
電話 03(5411)6222［営業］
振替 00120-8-767643

✦印刷・製本所　中央精版印刷株式会社

✦検印廃止

ISBN978-4-344-83497-2　C0193　Printed in Japan